WO DE
WEILANSE SHIKEBIAO

李双丽

LI SHUANGLI

U0723425

我的
蔚蓝色时刻表

北方联合出版传媒（集团）股份有限公司
春风文艺出版社
·沈阳·

图书在版编目（CIP）数据

我的蔚蓝色时刻表 / 李双丽著 . —沈阳：春风文
艺出版社，2020.11（2022.2 重印）
ISBN 978-7-5313-5889-3

Ⅰ . ①我… Ⅱ . ①李… Ⅲ . ①游记—作品集—中国—
当代 Ⅳ . ① I267.4

中国版本图书馆 CIP 数据核字（2020）第 203344 号

北方联合出版传媒（集团）股份有限公司
春风文艺出版社出版发行
http://www.chunfengwenyi.com
沈阳市和平区十一纬路25号　　邮编：110003
永清县晔盛亚胶印有限公司印刷

责任编辑：姚宏越		装帧设计：留白文化	
幅面尺寸：145mm×210mm		责任校对：曾　璐	
印　　张：4.5		字　　数：98千字	
版　　次：2020 年 11 月第 1 版		印　　次：2022 年 2 月第 2 次	
书　　号：ISBN 978-7-5313-5889-3	定　　价：35.00 元		

版权专有　侵权必究　举报电话：024-23284391
如有质量问题，请拨打电话：024-23284384

献给我的父亲母亲

目录

contents

年轻时不懂得珍惜。

到了 50 多岁知天命的时候，孺慕渐深，我越来越想写写父亲和母亲。比如，此时此刻。

如果可以，我要在这本书的最后写两篇有关父亲和母亲的文章。

对于地理坐标，我向来很模糊。但是时间上的坐标是清晰的。我将从时间的顺序上开启这趟旅程的写作。

厦 门

　　2018年9月6日，厦门，我上船。在船舱口和工作人员握手拥抱，开始了向北的航程。

新加坡

9 月 11 日，此次航程第一站——新加坡。

新加坡，被称为花园之城。

呆呆之日，云暖建；植被葱茏，处处绿色覆盖。多种族多元文化荟萃之地，异常繁荣。

此次短暂逗留新加坡，偶遇两位性格迥异的老婆婆。

船在新加坡靠港，游客纷纷上岸。我们先是观光游览了鱼尾狮公园和唐人街，然后准备午饭后出发去机场，前往印度。

在唐人街路口，有一干枯瘦弱的老婆婆在卖水果。手推车上堆满颜色不同的几种水果。东南亚一带的芭蕉大都类似，小小的。手推车上的芭蕉已经打蔫了，颜色变深。我们站在那儿，闲得无聊，有人靠近手推车随意问了一句价钱，没承想，老婆婆用粤语大吼一声："走开，走开，不买走开啦。"

嗓音蕴含的高分贝能量看不出是从她体内发出的，而且她很高明，看透了我们只是问，不想买。

午饭是团餐。餐馆乘巴士没有多远。

也是在路边，一家不显眼的小餐馆。我一时疏忽连名字都没记住。中餐，丰盛味美。加饭加汤是免费。饭罢，闪出一位老婆婆，慈眉善目，头发绾着。从厨房出来倒茶。带把的茶杯巨大透明，浓郁的茶叶子，色泽纯正，是正宗的乌龙茶。我连喝两杯，满口生香。临走，老婆婆微笑着，也是看透了我，把我的随身水杯添满。

走出来发现，小餐馆不远，就是一座醒目的印度庙建筑。

是为标记。

马　累

9月17日，结束印度的旅程，回到马累。即将返回等候在马累的"和平号"船。

马累之日，是个悲伤的日子。

马累，留下了一位热情友好的船友。

马累，马尔代夫的首都。

印　度

　　静下心来，写印度。离开印度半年了，现实与想象中的印度该如何写，真难下笔，虽然只是一周的旅程。

　　置身印度，有时你会生出一种虚幻恍惚的感觉，仿佛时光轮回，来到另一个世界，一个让我说不清的世界。

　　话说20世纪90年代初，我第一次到香港，在街上，碰巧赶上瓢泼大雨。我和同事慌不择路，急忙闪进路边的一家店。进去后，静悄悄的，仔细看才发现是一家丝绸店，没顾客。再一回头，柜台口站着一位店主模样的印度锡克人，修剪得精致的黑虬髯毛茸茸的，身穿传统的印度服装，上唇黑髯须的两边像中式翘屋檐，向上翘着，头上包裹着锡克人特有的头巾，头发藏在头巾里，他正和善地打量着我们。

　　美虬髯。

这次上船不到一星期，即 9 月 11 日早晨，航船准时到达新加坡。这次船旅项目有 7 天印度之旅，我报名参加。根据计划，11 日，我期盼已久的印度之行马上就要启程了。

在新加坡上岸后，印度行团队先是观光游览了鱼尾狮公园和唐人街，之后，于下午搭乘巴士前往机场，经过 5 个小时的飞行，我们在晚上 8 点左右顺利地抵达了印度德里机场。

真实的印度是什么样子呢？我有些迫不及待。

印度在我的想象中，宗教因素无处不在。佛教诞生在古印度。据介绍，印度被称为"宗教博物馆"，有印度教、伊斯兰教、锡克教、基督教和佛教等。印度是世界四大文明古国之一。印度有悠久漫长的历史和文明，有古老的信仰和习俗以及极为丰富的文化艺术瑰宝。在飞机上，我的大脑迅速检索，检索那些曾经在书本、电视和新闻中读到和看到的有关印度的画面，而且不断地重复和重叠着那些画面。

印度还是诞生大诗人泰戈尔的国度。

下了飞机，我们乘电梯鱼贯而入，进入海关大厅。大厅明亮有序，海关工作人员座位的后面是一面墙，墙上装饰的是一只只排列有序的伸出的佛手造型，金黄色的，很醒目，很震撼。

佛手墙清晰地告诉我，这是印度。那一只只伸出墙壁的佛手顿时让我生出由衷的敬意。

当然，印度也有种姓制度，抑或种姓阶级。我对此很模糊却也好奇，人性的悲悯之心促使我这次要仔细观察真实的印度。

我面对的办理入境手续的海关窗口里，坐着一位年轻的男子。看上去 30 岁左右。深褐色的皮肤，明亮的大眼睛，长长的眼睫毛，善意的微笑，不高的个头。他低头看了一眼我的护照，说："欢迎来印度。"

他的友好态度出乎我的意料。接着，他问："你从北京来？"我回答："是的。"我稍加解释说我从北京出发，乘船旅行，经过印度。我很想看看现实的印度和印度的古老文明。他笑意更浓了，说："我很喜欢中国。"然后，啪的一声，盖章完毕。我边说谢谢边走了出去。

对比之下，他的友善是慷慨的。同行的一名船友被海关无故盘问了两个小时，还是不放行。

最后，领队赶来出示相关文件，才被放行。

出了大厅，来到室外，闷湿的高温冲面而来，浑身燥热。

我们在印度长时间乘坐巴士和飞机往返的 7 天里，这样的高温全天候陪伴，湿闷热度丝毫不减。

睁开双眼，满眼是印度触目惊心的贫穷。

街巷脏乱。许多人神情黯淡，衣衫褴褛；许多大人和小孩身材瘦弱，饥寒交迫状。立交桥下，桥墩旁是搭建的破败的窝棚子，肮脏的孩子蜷缩在大人的怀里。街道上神牛与行人穿梭同行。当然也会有牛粪。街上到处是小商店和乱糟糟的叫卖声。电动三轮车为了生意，在街上加速前行。猛然间，我会发现自己身不由己，已经被各式小商小贩裹挟了。其中青少年多些，叽叽喳喳，吵吵嚷嚷，领队不时提醒我们要跟紧队伍。这些人一路跟随，不管你快步还是慢步，他们紧跟我们的步伐，不掉队。其间不停地展示手中的商品，变着法儿想吸引观光客。不起作用后，他们索性直截了当，简直是作揖求你了。

我刚开始抱着极大的同情心，还打算在时间允许时仔细看看他们手中的物品。慢慢地，这样的场景越来越多，拥来的人群让我意识到这是纠缠了，甩也甩不掉，干脆无动于衷，不予理睬罢了。

第一天下午，我们参观一座神庙。游客很少，我在里面仔细地走来走去。在一扇古旧的窗子前，借着近傍晚投射进来的柔和的光线，我发现窗外的台阶上端坐着一位苦行僧般的长者，面无表情。一根深褐色的拐杖横在身后，古铜色的皮肤，上身裸露着，胸前聚集着衰老的褶皱。下身着印度传统的宽松的白棉裤，赤足，长长的白髯须，白发微卷披散着，颇有松形鹤骨之感。我快步走出来，把随身携带的一个苹果放在他的身边后走开了。

还有一个午后，参观阿格拉城。天气闷热，站在树荫下等返回的巴士。我忽然发现对面的石台子上躺着一位年纪不轻的男子。支颐，侧卧着。双手粗糙变形，一只黑脚肿胀状。我走过去，同情地看着他，问他，有没有工作，家里的情况如何。没说两句，他就伸手跟我乞讨，还说要美元。原来是职业乞丐，不知为什么，我顿时有了厌恶感，立刻起身离开。

即便是在午餐过后等巴士的片刻，满眼也是乞讨者。我们游客就像是捕食者等候的猎物，窄小安静的街巷会突然冒出三两个小孩，后面一位中年妇女若有若无地跟着小孩，满脸麻木，冷漠，无情。其中一个小女孩在她的示意下，在我们周围下腰翻跟头，几个下来，便伸手要钱。

我甚至遇到了说中文的"乞丐"。

在印度的第二天傍晚，我们从恒河岸边观看表演返回酒店的路上，"巧遇"一位会讲中文的小伙子。他20岁左右，貌似很天真，笑容纯洁，他跟在我们身旁，不知不觉说起了中文。我顿时感到很亲切，就顺着他的话题聊。我问他大学毕业了吗，在哪里学的中文。他回答说，自学的中文。大学已毕业，工作了，也在做中文导游。他说这个职业挣钱相对多，而且他主动介绍说家里贫困，兄弟姐妹几个孩子，只有他父亲一个人挣钱养家。我认真地同情着他。骤然间，他像变魔术似的，嗖地不知从哪儿拿出一条长形纸做的彩色工艺饰品，折叠型，像手风琴似的可以上下左右抻拉。他动作迅捷地从纸上撕下一个吉祥小图画，没等我反应过来，就贴在了我的额上，并笑着说些祝福的话，而且强调说是他妈妈亲手做的，为了养家糊口，一串100当地币。我突然明白了，这家伙说不定是个巧舌如簧的说客，说谎时一脸的天真无邪，那表情让你分不清真假，和街上尾随我们的人是一路货。尽管如此，我还是买下了。随后我让他离远点。他知趣地连声说着谢谢，毫无尴尬感地离开了。

这时，我的眼前立刻浮现出刚刚在恒河边上观看演出时，几个七八岁的小孩子在我们周围绕来绕去，查看座椅。我们时坐时站，座椅时有时无，或者被他们移来挪去，都在察言观色，不知是不是看着如何讨费。小小的年纪都是成年人做生意的眼神。

夜幕降临，借着微弱的灯光才能看见平缓的恒河和上游的寺庙顶部。恒河边上的表演也是观光表演而不是正宗的宗教仪式了。虽然主题神圣庄严，圣洁纯美，可是不知为什么我毫无兴趣。在这场规模盛大的表演中，我感受不到恒河边上的古老信仰，可能因为现在完全是商业演出了吧。

我提前退场回酒店休息。

印度之行旅途劳顿，交通工具主要是乘坐大巴，有时路途需要七八个小时。

某一天，我坐在快速穿行的巴士上，高速公路的路边，几个身材修长、骨骼柔韧、相貌清奇的年轻男人，正在做动作复杂的瑜伽。就在空旷荒凉的空地上，无着无落地将身体倒立起来。

这瑜伽似乎是印度的特征之一。

前一天的巴士上，地接导游几次询问和统计观看印度传统舞蹈的演出和体验印度式按摩的人数，每个项目100美元。我连想都没想，直接说不，绝对不会去的。

印度，古老传统的印度，宗教意味的印度和散发着虔诚感的印度，这些我寻觅的或许只能从他们日常的潜意识里和仪式中感受得到。但是，一周的时间，那些现实的印度，人们日常生活充斥的金钱和商业的气息，谈买卖，做生意。这一切已经给了我大相径庭的感觉。

门口坐着三三两两的人，目光似乎呆滞，却专注地望着我们。那是一种敏锐的职业眼神，兜售起商品来，个个都是老到精明的商人。我们钻过低矮处一个式样简单的门，来到了旅游商品部。

屋子里靠墙边摆放着一些茶几、椅子和柜子。茶几上摆了印度茶。中间似地坪，一大块空地上铺着底布，上面堆满了五颜六色的丝巾、丝绸及其他物品，各式各样的地毯，横纹的，竖纹的。兜售商品的本地人都是男人，时坐时起，有盘腿坐在地上的，有坐在椅子上的。

我始终保持无动于衷，虽然很难。推销商品的人大都手眼灵活，一会儿从地上爬起拿起东西，一会儿又蹲下放下东西。收拾折叠物品的人沉默无语，动作麻利，和推销商品的人配合默契。推销物品的人用各种诱惑的推销词，巧舌如簧滔滔不绝地兜售商品。一件件丝绸品，一件件锦缎制品在你面前打开，一匹匹地毯铺陈在你的脚下。有的店里还有各式精油、工艺制品等令人眼花缭乱、价格不菲的商品。

我对印度很失望，甚至感到悲哀。我所说的失望和悲哀，不是它的落后、贫穷和触目惊心的社会等级现状，而是看不到宗教信仰在人们日常生活中纯净的闪光点。虽然街上有神牛和庙宇，可是人们对金钱的渴望程度丝毫不逊于没有宗教信仰的人们。

现实的印度完全颠覆了我来之前充满想象的虔诚的宗教的印度。

第六天上午，参观泰姬陵。

参观泰姬陵应该是印度行中很重要的一项内容。这项伟大的建筑艺术承载了许多内容。关于泰姬陵，其他的暂且不论。

首先泰姬陵是有关爱情的。是莫卧儿皇帝沙贾汗为纪念他的爱妻泰姬玛哈尔于1631年动工修建的。虽然有专家说，这是一个暴君给他的妻子兴建的陵墓，这个嫁给他15年的妻子，每年为他生一个孩子。这座陵墓历经12年，于1643年建成。但是不可否认，泰姬陵多多少少总是和爱情相关吧？

另据专家说，"印度在历史的不同时期，曾被不同的民族统治。16世纪时，莫卧儿王朝建立。莫卧儿王朝是一个伊斯兰政权，因此，它将伊斯兰教带入了印度次大陆，但是当时他们并没有死搬硬套《古兰经》教义。据此，我们可以明白为什么泰姬陵是一座白色大理石建成的巨大陵墓清真寺。"

专家说："视天堂为花园的概念，在伊斯兰文化中根深蒂固。《古兰经》将天堂描述成一个坐落在山坡上的花园，其中拥有可供人们休憩的凉亭，长满了果蔬和花卉。"

"泰姬陵的色调具有强烈的象征意义，通俗的观点和其他建筑都是以红砂石覆面。而白色是陵墓专有的颜色。"

因为"石质坚硬，易雕琢，质感细腻，洁白光滑"，所以泰姬陵采用的是马克拉纳大理石。采石路途很远，长距离地运输，施工，巨大的艰辛劳苦可想而知。据说，修建泰姬陵的人中有来自世界范围内的石匠和工匠——那些足足可以被称作艺术家的手艺人，具有精湛技艺的作画之人和雕刻之人。在当时的条件下，为修建泰姬陵而投入的人力物力，是何等难以想象的规模，同时也付出了多么大的代价。

遗憾的是，虽然泰姬陵被誉为"沙贾汗美学巅峰的表现"，但是专家说，那些为展现巅峰技艺而付出无法言说的悲惨命运的普通劳动者却被遗忘了，史料没有任何记录，"今人对他们一无所知"。

让我们听听研究泰姬陵专家的分析和解读："泰姬陵是现实和来世的建筑体现，依据的是伊斯兰信仰。它的平面布局能说明这种二元性。整个建筑分为两部分：陵墓和花园，以及代表市场和集市的凡世部分。沙贾汗集先祖陵墓之大成，兼容并蓄，建成了泰姬陵。他借鉴了父亲王陵中的宣礼塔，祖父王陵中的四个小穹顶，围绕一个中心，四大宏伟大门借鉴了他祖父王陵，巨型穹顶则取自一位著名的先祖的陵墓。不同元素被完美交会，合为一体。无论规模、美感还是意境，没有哪个陵墓能够与泰姬陵比肩。用石头和大理石雕砌出象征主义。正是这种大理石赋予它美感，轻盈缥缈，恍如悬浮半空。这是建筑师的艺术表达方式。花园紧挨着大理石建筑，花园是泰姬陵的核心所在，也是《古兰经》中天堂的俗世写照。两条小径将花园平分为四处，沿着小径的四条水渠，代表着《古兰经》中天堂里的四条河流。水渠交汇之处，就是倒映池，它象征着到达天堂的穆斯林，掬水解渴的天堂之池。

"泰姬陵本身就代表印度与欧洲两地的联系，大理石窗棂槅扇上镂刻着精致的石头花朵，和泰姬陵表面精细烦琐的装饰纹刻，这些技术和图案源自遥远的欧洲。这种以半宝石拼造的马赛克图案叫作硬石镶嵌。硬石镶嵌这个词源自意大利语。文艺复兴时期，大量宫室都用它进行镶嵌装点，如今这种硬石工艺从意大利传到印度，并在这里达到了一个新的全盛时期。石上作画的工艺是印度工匠伟大的成就之一。"

据专家说，泰姬陵建成后，沙贾汗继续统治印度20年，可是结局凄惨。1666年，沙贾汗去世后，泰姬陵成了他最后的归宿，和心爱的人团聚，留给世间传颂他们不朽的爱情，也创造出世间完美的建筑。

第六天下午，我们参观了德里威力清真寺。

威力清真寺是杰出的建筑艺术。面对它伊斯兰风格的建筑群，视觉即刻颠覆了我对印度传统的概念。

专家说："穆斯林侵入印度并建立政权后，也将伊斯兰风格的多种建筑形式带入印度，从13世纪起，伊斯兰教建筑逐渐在北印度许多城市出现。印度伊斯兰教建筑主要包括城堡、宫殿、陵墓和清真寺。建筑材料多采用红色砂岩和白色大理石，或浑厚古朴，或清新淡雅。莫卧儿王朝时期，大量建筑艺术杰作问世。胡马雍陵、德里红堡、泰姬陵等都是独特的印度伊斯兰教建筑风格。"

威力清真寺是德里第一座庙宇，建于1192年，导游说，这里的高塔有 70 多米，是全世界这一建筑类型中最高的。

清真寺建筑一般都配有塔，塔叫宣礼塔。资料载，它的作用大多是起到扩音的效果。以前没有麦克风、扩音器，神职人员一般就登上高塔，高塔传播他洪亮的声音，召集伊斯兰教信徒前来做礼拜。

这座塔正确的名字是顾特卜塔。其实它的名字导游说完我就忘记了，只记着这是世界上同一类型中最高的就行了。除此之外，导游说，它还有另一个身份，它还是一座纪念碑，作为穆斯林入侵并占领印度的纪念碑。

导游进一步强调说，整座清真寺是在被拆毁的印度教和耆那教神庙的遗址上建成的。建造者是一支曾在 12 世纪占领印度北部的穆斯林军队。

听导游如此这般介绍时，还是很出乎意料的，甚至有某种不可思议的感觉。不同的宗教和文明，不同的艺术和文化在这里解构和重建，威力清真寺浓缩了这一切。

由纯正的赭红色砂石构造的庞大建筑群上，精细雕琢着宗教形象、经文、藤蔓花卉和宗教符号，呈现在眼前的皆是经典的艺术之作。

作为普通游客，分不清哪里是印度本土传统建筑式样和图案，哪里是外来融合的伊斯兰建筑的精工细作，资料称："几千幅印度教神灵和天女的画像，装饰着这个庞大的建筑群。"这些能工巧匠，我觉得绝不仅仅是普通的劳动者，他们堪称伟大的艺术家。

多元混合的文化和艺术创造重塑出这些庞大的经典作品。它们是人类精神文明的精炼之作，也是人类历史上宝贵的精神遗产。

泰姬陵和威力清真寺，如果做比较的话，我更欣赏后者。

苏伊士运河通航

　　9月27日，星期四。船上从早上5点半开始广播，报告航行中的地理位置和海上天气预报，特别提醒船上乘客观赏此次航程重要的景观之一：穿越苏伊士运河。

　　我准备按部就班，按照以往的作息时间吃了早饭再说。6点45分，平日里人不多的四层主餐厅，现在已是熙熙攘攘，人头攒动。再坐电梯上九层露天甲板餐厅，坐下发现平时不见现在却有许多苍蝇和不知名的小虫在飞舞。小虫沾附在鸡蛋面包上，赶都赶不走。吃过早饭，我跟着人流听着广播，慢慢地上下穿梭往来，东张西望，颇有兴致地观赏苏伊士运河。

　　资料称，1869年1月9日，苏伊士运河通航。苏伊士运河连接地中海和红海，是亚洲、非洲和欧洲交通的便捷通道。只见均匀的运河水缓缓流动，呈淡蓝色浑厚的波浪。我边走边拍照，两岸的景色大都是沙土和河堤。远远地，偶尔会出现房舍和高楼，就像昨晚停靠地——西奈半岛。夜晚灯火明亮，一边是埃及，一边是以色列。很想下船去转转。西奈半岛，多么熟悉的名字，历史上西奈半岛几次燃起战火。

站在船上望下去，运河两边不时出现了通车的街道。有小汽车在路上行驶，和航船并驾齐驱。有行人在移动，在挥手。岸上竟还出现了很庞大的艺术雕塑品，旁边有野狗在跑。

回到房间，没一会儿，就听到广播说马上要经过一座日本在 2010 年援建的大桥。

就这样，听着广播出出进进。重要的场景不能错过。

下午 3 点左右，苏伊士运河观赏活动正式结束。

随后，"和平号"即将进入地中海。

海盗来了

海盗来了。

在过去，它对于我可能是一句台词或者玩笑话。但是，在"和平号"船上，现在，面对一件正在或将要发生的事情，它的的确确是一句真话。

海盗来了！

从厦门上船半月余，船平稳航行着，并陆续到达了新加坡和马累。然后又从马累出发，向下一站希腊的比雷埃夫斯前进。这期间，航船将要经过苏伊士运河。通过苏伊士运河后，我们再从地理坐标上看，"和平号"此航线还要经过著名的亚丁湾。据介绍，亚丁湾是船只过往红海和苏伊士运河的必经之路。而索马里和也门附近的海盗非常猖獗，守株待兔，专在此下手。

我对海盗的事从未上心，无知者无畏嘛。总觉得海盗距离我很远很远。直到有一天，船上举行了一次讲座，是由经验丰富的日籍老船长主讲。其他内容都记不大清了，只记得他着重讲到来自海盗的威胁和船上将要采取的防范对策。他还讲到安全防范的最高级已提前安排就绪。船方特意从附近军事基地协调来护卫舰和军机，根据时间安排和要求，赶来担任保驾护航任务。其他的注意事项他在会上一一交代叮嘱乘客。因为战机和护卫舰属于执行军事任务，为谨防海盗截取情报，故战机和护卫舰在两天防卫任务完成后，会悄悄撤离，具体安排和具体时间都已部署完毕。

我们的领队在此期间也专门做了一次有关索马里海盗的背景介绍，可惜那天我忘记了。

海盗真的会来吗？听完老船长的演讲后我自己开始嘀咕犹疑起来了。

紧接着我发现，船上的工作人员不知从何时开始逐一用黑色帷幕似的帘子遮盖窗子和透亮的地方，避免夜间漏出光亮给海盗以可乘之机。这样的防范措施更加剧了我的犹疑。

我开始向船员和工作人员了解在以往的行程中是否遭遇过海盗。有的人告诉我，曾经有一次，海盗夜袭"和平号"，都已经靠近船了。幸亏被"和平号"船员及时发现，船方组织船员用高压水管子劲扫海盗船只，那一次"和平号"船成功地用海水击退了海盗。

后来，船方进一步加强了现代防卫措施。现代防范或防卫措施之一就是利用高科技手段防患于未然，使海盗无法前来靠近船只。

这样说起来，现在船上采取的所有防范措施都是极为必要和有效的。虽然我依然故我，但还是不由自主地变得有点紧张。夜深了，睡觉前，自己会自问自答，海盗会来吗？不会的。海盗如果来了往哪里躲呢？衣柜吗？有点小。虽然有门，即便紧锁，海盗还是会有办法打开的。比如，海盗可以用手枪对准门锁，啪啪两枪，门就开了。这时，脑子里开始闪现出许多枪战电影似的自拍想象情节。倒不是完全害怕，而是在一个人的泛海远游中，海盗这件事或多或少地掺杂进了一种乐趣。

第二天，我在公共空间偶遇领队。我笑着问他，海盗真的会来吗？他回答得很干脆，不会。

晚上，几位熟人在露天甲板围坐一起，清光普照，晚风浩荡，赏月谈天。说着说着，就聊到了海盗。有人说，听说有的海盗是被贫穷生活所迫，铤而走险，才干海盗这行的，如果这样的海盗来了，大家是不是还要帮帮他们呢？

当然，这是半开玩笑地戏说而已。真的海盗来了，后果绝对不堪设想。

还真有摄影高人拍到了远距离疑似海盗的船和船上的人。我后来看到了，不禁后怕。

估计不仅是我一个人在设想：海盗来了怎么办呢？

听说，很多人都在有意无意地关注海盗的动向。甚至，有天晚上，一位乘客在房间里对同伴半真半假地说道，别出声，别大声说话啊，海盗来了，海盗来了！

两天过后，警报解除。船上一切恢复正常。当然，包括人紧张的神经系统。

希腊比雷埃夫斯

即便是面对废墟，只残存一个立体的由十几根多利安柱（古希腊建筑最基本的柱式之一）组成的矩形建筑，海神庙也配得上联合国教科文组织授予的世界遗产这个称号。

9 月 29 日清晨，空中飘着小雨，阴沉的天色映衬着宁静的港口；城市，伴着小雨和微冷的风，比雷埃夫斯一派安详。就这样，我走出港口，没打伞，伸出双臂，热烈地拥抱比雷埃夫斯。

雨势渐大。我们乘坐巴士前往波塞冬海神庙。

资料称，海神庙位于苏尼翁岬，大约建于公元前 5 世纪，三面环海，分别是爱琴海、地中海、爱奥尼亚海，地理位置比较独特。

专家说："古希腊文化对和谐思想非常重视，所以古希腊神庙的比例是为了揭示宇宙的和谐。"

到了目的地我才发现，原来海神庙屹立在山顶平台上。

噢，那就是海神庙，我用手，指着对自己说。

山海空旷，冷雨营造出英雄迟暮的苍凉之感。从山脚下远远望上去，有点雅典卫城的味道。雨雾朦胧中，耸立在山顶的海神庙气势雄浑，周围盘旋一种英武豪迈的自然之气。

十年前夏季的某天晚上，我坐地铁慕名朝拜圣山上的希腊雅典卫城，已经等不及第二天上午正式的随团出行参观。

当我在几十层台阶下方，仰望高高在上的雅典卫城时，它就似一股炽烈的火焰将我的心燃起。黑黝黝的夜色中，几十根立柱托举起卫城的身躯。周围有温暖的灯光在照耀，黑暗中，只有光的闪耀，别无其他。

海神庙的建筑外观和卫城的建筑有相似之处，基座的台阶有很多层。专家说："古希腊的雅典卫城，曾是世界上最富饶、最多彩、最神圣的宗教场所之一。这里是宗教场景的幻境。2500 年前，人们曾对这里有过无限的遐想。传说中神灵曾来过这个地方。在这里还可以看到海神波塞冬将三叉戟插入土地的地方。"神庙的圆柱和巨石下面，掩藏着古希腊神话中多少英雄史诗般的梦幻传奇故事呢？

我在海神庙废墟里徘徊行走，逐一廊柱观看。残存的石质柱子线条笔直，表面光滑，稳稳地扎在基座上看不出的凹槽里。

石材坚固耐用，产自大小山脉。从古至今，从原始到现代，从山水相依文人隐士情怀到注重生活环境的现代人居，人们轻而易举地获得石材，把住宅建在山里，怡然自得。但是山，和水一样，也是大自然最重要的组成部分之一，未来的山脉环境保护不可小觑。

正是山石的坚固耐用，才使得我们有幸在 21 世纪的今天瞻仰 2000 多年前的伟大文明。

残石断柱间，面对古希腊的神话历史，任你神思泉涌，浮想联翩。

希腊科孚岛

10月1日上午10点，船到达科孚岛港口。

游客只有半天旅游时间，我重点参观了老城区。除了老城区，还游览了古时旧要塞遗址和亚洲美术馆。

这次北半球之旅，每个城市老城区街巷基本上是商店林立，商品以当地旅游特产为主。

2007年，老城区被联合国教科文组织指定为世界文化遗产。

阿尔巴尼亚都拉斯

我毫无准备，就在 10 月 2 日懵懵懂懂来到了阿尔巴尼亚都拉斯。

从港口出来之前，很多人选择了自由行。自由组合，自订计划。由一位具有丰富旅行经验和较强语言能力的人带队，我们一行十几人，需要分乘四辆出租车前往阿尔巴尼亚的首都地拉那。

在阿尔巴尼亚只有一天的时间，负责人建议去两个主要的地方，大家一致同意。一个是首都地拉那；另一个是地处都拉斯和地拉那之间的克鲁亚古城。克鲁亚古城是个著名旅游景点，又地处从首都地拉那返回港口的路途中间，恰到好处。"和平号"将在当天傍晚离港。出于节省时间和交通便捷方面的考虑，大家决定包出租车前往目的地。从都拉斯港口打车到首都地拉那，如果车程顺利的话，不到一小时。

但是一切都是未知数。所有的计划和安排都是我们自定的，真实的阿尔巴尼亚都拉斯和当地的交通状况我们不得而知。早上好像不到 8 点，大家就出发了。从港口出来走到马路上，大家就互相配合着准备拦车。

街上很整洁，人很少。但是街上很快就被从港口拥出的船上游客填满了。

感谢上帝！五六分钟后第一辆出租车就出现了。经过讨价还价后，司机同意车费定价为 90 欧元。领队又请他直接与出租车公司联系，再派来三辆车。20 分钟后，我们顺利地通过出租车公司协商租到了三辆出租车。

于是，我们四人一组分别搭乘四辆出租车上路了。

路况正常，环境良好，很有秩序。道路两边盖了不少酒店，看来当地是要发展和扩大旅游业的规模。

我们乘坐的出租车由一位男司机驾驶。他性格爽朗豪迈，说话时会用手势加强语气。人到中年，养家糊口。他不会英语，可是我们好像有一种天然的默契和领悟力，彼此都能在艰难曲折的对话中，达到互相理解。

一路上，他对我们的语言完全陌生，但是他能从我们的交谈和表情中，分析和察觉到我们说的意思。比如，没零钱。因为路上会经过旅游景区的一些小商店，由于时间关系我们无法下车。于是在返船途中，我们在经过一家旅游小店时请他停车，看看能否买点水果之类的。但是，要么水果不新鲜；要么店主欺客，狮子大开口，我们只好放弃。

我们说没零钱后，他却开始担心了，担心我们没有能力兑现90欧元的承诺价格。他表情严肃反复问我有没有90欧元。我笑着回答他，不用担心，没有问题。

我们先去了阿尔巴尼亚的首都地拉那。他和同伴们准时到达目的地。全程用了45分钟。司机们选了一个醒目的公共场地的路边作为返程的集合地点，然后我们自行散去。城里行人稀少，干净朴素，没有想象中的贫穷。我们在城里参观了总理府、市政广场、博物馆和当年的地下掩体。

我们准时回到集合地点，他们也是。时间已是下午1点了。下一站是位于地拉那和都拉斯之间的古城克鲁亚。我们准备尽快赶到古城克鲁亚，然后返船。

古城克鲁亚是什么样子呢？

突然发现它就在眼前时，是如此这般地令人惊讶。

原来它雄壮地耸立在大山之间，是座山城。我理解的是：古城克鲁亚山城之所以不同寻常，是因为它和一位大英雄的命运紧紧相连。整座古城克鲁亚山城是一个象征，是一个符号，说到古城克鲁亚山城，它其实就是歌颂和纪念大英雄斯坎德培的代名词。

古城克鲁亚掀开了宏大的历史画面。

我们的车一圈一圈地在盘山道上环形而进。随着车的移动，我们与它的距离一层一层地缩短，逐级靠近它直至山上。

山上既整齐又错落有致的彩色房屋，让我一下子不得不折服于它。

是的，就是在不经意间，我来到了这里。并不是随心而动，而是心里没想，却被带到了这里，带到了陌生的古城——克鲁亚。

这里曾是历史的大舞台。15世纪，上演过斯坎德培带领人们运用游击战术抵抗奥斯曼帝国的侵略，是典型的威武不能屈的故事。资料称，他率领军民坚持抗击侵略25年，直到去世。

山上民居虽古朴，但是酒店星级高，设施齐全，非常考究，一看就是旅游业做主打项目。我们一行直奔主街。主街是商业街，大圆石头铺就的石板路磨得发亮，石头的光泽甚至透着类似玉石的温润。两旁向上都是商店，一家挨一家，蜿蜒而上。乍一看，颇似国内某地的商业模式，就连商品似乎也很相似。

这里除了保留下来的房屋建筑和见证饱受战争之苦的相关遗迹之外，我们看不到其他现实生活的痕迹。只有大山的险峻和石头地面以及石柱的凿槽，收藏着历史的尘埃和英雄的足迹。

山顶上还有一个博物馆。因为时间有限，我没来得及进去。博物馆外面有不少青少年学生排队等待参观。

但是，一切足矣。

时间到了，返回。

奇怪的是，返回的路上，交通事故接连发生，就在眼前身旁。明明没有什么可以导致频率如此高的交通事故的路况，可就是发生了，令人费解。这也引发司机大发感慨。他表情严肃，指指点点嘟嘟哝哝。马路虽然不宽，但是对于路面上的行车数量来说，我认为是可行的。不知为什么，眼见车前车后，一会儿两车相剐，刚两分钟，他又在大嚷，指着路旁，原来一辆小卡车倒立在路边。我看着十分不解。路况明显很好，事故连连是为什么呢？我耸耸肩，问他。他紧握方向盘，手指在方向盘和眼睛之间来回了几次，好像是说，开车要集中注意力。可以一边聊一边开车，但是你的专注度不能放松，要把握好方向盘。说完，他又紧紧地握着方向盘，像是在加重语气。

这个理由似乎很充分。

他驾车技术一流。

平安到达港口，我们合影留念。

他的车费分文不少。其实我倒想再付他10元小费，凑个整数。

但是，这事不是我一人做得了主。

克罗地亚杜布罗夫尼克

杜布罗夫尼克古城曾经伤痕累累。现在古城虽然经过修复，但是你如果仔细看，还是能发现战争留下的弹孔和被毁坏的容颜。

史料载，杜布罗夫尼克建于7世纪，中世纪早期。"从中世纪开始欧洲民族真正形成，即政治、经济和文化的融合导致中世纪早期欧洲形成了多个民族——希腊人、罗马人、斯拉夫人、凯尔特人、德国人等。"

且说杜布罗夫尼克这个名字是克罗地亚语，可是它还跟资料所称的"意大利语、希腊语""奥匈帝国、波斯尼亚王国"相关联。

杜布罗夫尼克就是中世纪这一时期欧洲政治、经济和文化融合的复杂实例。

1979年，杜布罗夫尼克被联合国教科文组织列入世界文化遗产名录。

如果你没见过欧洲中世纪古城的风貌，那么杜布罗夫尼克古城就是时间静止的历史解说词。

古城具有完整的空间格局。城墙环绕，山海相间，绿树葱葱，美轮美奂。

专家说："17世纪，杜布罗夫尼克宏伟的城墙环绕着整个城市，并设有一个检疫处，想进城的人如果被查出生病，将会在此被隔离。所以城墙能够抵挡瘟疫和歹徒。每晚城门都会砰的一声被关上。"

10月3日上午，我站在了古城门前。古城门居中，颇有气势。一进门，人头攒动，迎面走来中世纪装扮的人物，付费合影。古城里有大教堂、修道院、城堡、艺术馆等；一条又一条石头铺路的小巷两侧尽是餐饮商店，这里是一整套旅游商业运营模式。

古城沿海依山势而建，道路有宽有窄，有时盘山拾级而上，有时脚踏平地，有时高坡陡峭，甚至于悬崖垂直处而建。居高俯视，一片红屋顶起起伏伏，山，海，古城，煞是壮观。

临水处，有供游客出海观光的小游艇。向上望，有缆车登顶，游客可以在山顶最高处，心跳狂烈的同时，一睹古城山水绝佳景观。

去时，天气炎热，游人熙熙攘攘。

傍晚下山，游人依旧如织。

黑山科托尔

科托尔港口是世界上最美丽的峡湾之一，有人说；它是威尼斯人始建于 15 世纪的防御性城市，还有人说。

它就像避风港，是被大山环绕的自然峡湾，只有一面与大海相连。山脚下一片白墙红屋顶建筑点缀其间。当我们身临其境，乘坐巴士，沿着陡峭的山势，甚至像峭壁一样艰险的山路盘旋到达山顶时，这个景象便清晰地映衬出来。

我们走的路很有历史感。导游说，这条路是至今还在使用的 17 世纪初修建的旧路。那个时代的旧城墙从海边跟随我们一路上山。山路迂回曲折，层层叠叠，直接抵达山上的涅古什村。

还有条新路。

山路旁有商品售货车。当地村民模样的人在叫卖自制产品：蜂蜜，奶酪，整块火腿。整块庞大的火腿呈深棕色，用白色线绳悬挂在那儿，很有艺术感，看上去更像是古时的乐器。

我们进小木屋品尝了当地自制的奶酪等食品，木桌木椅宽大结实，游客一拨走一拨来。

方圆数里景色宜人，树木葱茏，空疏渺然。这样的氛围是博物馆所在地吗？

确实是——尼古拉王博物馆。

据介绍，15世纪左右，欧洲很多私人别墅兼顾着"农舍、图书馆、画廊，以及沙龙完美结合的建筑样式"。

博物馆其实就是他的故居。陈年的历史画面在故居每个房间里翻开，生动地再现当年的音容笑貌。

下午参观了布得瓦老城区。老城区不同凡响，别具一格。资料载，它是公元前4世纪希腊人创建的，建筑加固于中世纪。老城区保存如此完好，现存中世纪古旧的城墙、教堂、石楼等。老城区和海边相连。站在高高的古城墙上，海岸线就在脚下。

古城里会聚着游人和当地人，咖啡馆和小商店居多。那天，古城靠海的岩石边，坐着一位中年男歌手，边弹吉他边唱：*My way.*

1979年，科托尔被列入联合国教科文组织世界自然与文化遗产名录。

这天是10月4日。

意大利巴勒莫

此次航程据说是 35 年来"和平号"船最好的旅游线路。"和平号"一大特点是，能够深入一些大游轮不能靠近的小港口。这不，10 月 6 日这一天，我来到了巴勒莫，意大利西西里岛首府。

西西里岛是地中海最大的岛，过去在我孤陋寡闻的印象里，常常是"黑手党"的代名词。直到有一天，我看了意大利导演拍的《天堂电影院》，我被电影里迷人的小镇和温暖的人性深深地感动了，泪流满面。

这次，我才知道巴勒莫是座具有 2800 年历史的文化古城。主建筑有诺曼王宫、四首歌广场、巴勒莫大教堂，罗马帝国、西班牙、阿拉伯帝国等先后在巴勒莫统治过的历史痕迹在此重叠。建筑和艺术，这两大人文主题在巴勒莫的各个角落里唤醒人们去品味那些神圣细腻的建筑艺术灵魂。

下午，我们在蒙雷阿莱市驻足浏览。蒙雷阿莱市绝不像城市，就像是一座风光旖旎的小镇。艳阳高照，小镇依山傍海，山石铺路，古迹甚多。置身在小镇，树木葱茏，恍如置身在《天堂电影院》西西里的场景中。温煦的阳光柔和地打在身上，一切离"黑手党"相去甚远。

教堂里的中间过道铺上了地毯。帕拉提那礼拜堂正在准备举行一场婚礼，身着礼服和正装的人们正陆续抵达教堂。

小镇里的小商小贩不时地用中文日语打招呼。孩子们在奔跑，打闹嬉笑，他们就像这午后的和风，轻柔的笑容里浸透着健康的元素。不远处，在帕拉提那礼拜堂的后面有块绿色空地，几个小男孩正在踢足球，踢得很投入。这时，也许是因为他们的声音大，也许是担心高高跃起的球会砸碎帕拉提那礼拜堂的窗户玻璃，或许是他们的顽皮，反正附近有个中年男人大声粗鲁地走上前制止孩子们继续踢球，他不停地嚷嚷，并伴随着手势。孩子们看上去兴致依然很高，无比留恋踢球。我环顾四周，看看周围的环境，那几个男孩就像是《天堂电影院》里小主人公的缩影。那个中年男人也像是电影里出现的男人们，那眼神，那手势，有着意大利西西里特有的天然幽默。

看着他说话的神情和手势，我，忍俊不禁。

仿佛已超然世外，呆坐庭院，享受着秋阳杲日，流连忘返，痴迷恍惚状。

不问船向何方，不问归期何日。

摩洛哥三大城市 7 日观光之旅

乍看标题，读者可能会觉得题目很大，容量很大。虽说是往返 7 日（10 月 10 日—16 日）观光之旅，范围较宽，实际上我把此行的精华浓缩为老城区里的清真寺和礼拜堂，以及集市也就是巴扎。

摩洛哥位于非洲的西北部，与西班牙和葡萄牙隔海相望。出发的前一天是 10 月 9 日，"和平号"船的靠港地是西班牙的莫特里尔。在莫特里尔，我参观了一个远离城市中心却又地处海边的旅游村庄。白色的村庄耀眼夺目。整个村庄的房屋全部是白色的，地势呈阶梯形，也是层层叠叠，直到山顶。更确切地说，村庄坐落在小山上。从地形地貌来说，它很偏僻，背靠大海，地势险要。这座村庄独特的美，反映了人们在险峻的自然环境中，发挥自身优势的生存智慧。如今，又把它打造成远近闻名的文化旅游地。从远处眺望山村，它本身就像是一件艺术品。

我们拾级而上，地上是规整造型图案的石板路。教堂、民居、博物馆、花草树木在这里混合出圣洁的安宁，酿酒的老作坊焕发新意，既述说着往事，也不忘向游客推销佳酿。居住的民房篱笆，是用像火山岩石样的石块垒起来的，呈深红褐色，和白色墙壁混合着艺术色彩点缀成诗意篇章。有陶瓷片镶嵌在白墙上面，有依托地势地貌和花卉创作的现代艺术造型，有各种绘画室，现代绘画艺术居多，而村庄又具有传统和悠长的历史底蕴。一座座白色的墙，镶上深色的窗框边，并装饰色彩缤纷的鲜花。阳光像聚光灯打在白墙上面，白亮亮的，让装饰的鲜花分外夺目。路边还有一排排坚实的暗红色石栅栏，却也别有趣致，这一切已经美得让人无言以对。登高望远，小小的绝壁下面，就是瓦蓝瓦蓝的大海。不经意间，小提琴优美的旋律在耳边缭绕，不知不觉，一位卖艺人悄然融入意境之中。传统和现代在这里相得益彰，白色的村庄给游人的内心抹上了强烈的艺术色彩，美不胜收，久久不能释怀。

　　导游在返船的路上深情地说，明天你们到达的摩洛哥，是一个和这里完全不同的具有独特艺术风情的地方。

　　导游的话让我对本来就好奇的摩洛哥更加向往了。

　　那将是怎样浓郁的伊斯兰风格呢？

　　我们一行在摩洛哥丹吉儿离开"和平号"船，搭乘巴士长途旅行。途经菲斯、马拉喀什、卡萨布兰卡，于 16 日乘飞机到达英国利物浦，返船归队。

巴扎集市：有人形容老城区里的巴扎集市像迷宫，我认为太准确了。怪不得领队在出发前一再叮嘱大家要跟紧队伍。巴扎里面像是一个密封的整体，头顶看不到外面的天空，好像有块巨大的遮阳布横在上面。下面熙熙攘攘，人来人往，当地人大多表情很严肃，有的地方气味难闻。一条条小道曲曲折折，走着走着，左拐，又右拐，拐来拐去。它的布局对于外来人来说稍有疏忽真的会迷失方向。

受制于时间的安排和安全的考虑，我们在摩洛哥老城区巴扎的参观，基本上是急行军。地面是已经磨得发硬发亮的土疙瘩路。我们脚步匆匆，一个挨一个，生怕掉队。拍照都是快速行进中完成的。

巴扎里面生活用品各式各样，齐整完备。从吃到穿到用具，造型老旧古朴，很多铁器、铜器、颜色艳丽的地毯挂毯等，看上去都是手工制作。当你的注意力正集中在物品上，看得眼花缭乱时，稍不留神，眼前会突然蹦出一颗完整的驴头，血淋淋的，煞是恐怖。

不过，急行军中会有短暂的歇息。那是到了用餐的时间和被推介到指定的商铺，听一听商家推销当地特色的商品。推销商品的讲解者通常嗓音浑厚，为了让买者心动，常常把颜色鲜活的织锦和当地特色制品等东西塞到你的手里，或是在你的手上抹涂香料香精等推销品。那一刻，手似乎不像是自己的，而像是道具，正随着叫卖者的声音，一会儿摸摸这，一会儿掂量掂量那儿；一会儿被抹上这油那水儿，一会儿又由于一时疏忽，贸然一句问话，让听者大喜，惹得自己不得不入戏后，没法脱身。比如，在等巴士的空当，领队给大家20分钟自由活动时间。我闲逛，在一个卖服装的摊位前，为打发时间，站在那里，东看看，西瞧瞧。摊主是一位20多岁的男青年，我指着一条当地传统样式的裤子，不经意地问："多少钱一条？"他很专注地回答。我本来不打算买，而且没有符合我穿的尺寸。没想到，他手一指，说对面那个屋子里马上可以修改。这一来二去，无论我怎样讨价还价，他最后总是让步。这让我很为难。

算了，不难为他，还是买吧。

当然，买不买是你自己决定的，权且当作休息也是可以的。

清真寺古迹建筑一般都是圆蒜头形顶，屋顶和墙壁装潢纹饰绚烂，装饰性瓷砖工艺精湛。整座建筑庄严肃穆，里面几何形空间宽大，光线铺洒下来，明亮而充足。站在静穆敞亮的空间，耳边仿佛回响祈祷者浑厚低沉却又鼎沸的诵经声。

专家说："穆斯林土地上的清真寺，其轴线都对着麦加那个黑色圣所克尔白。这象征着穆斯林们信仰的一致。"

一路上，大大小小伊斯兰风格的古迹清真寺、城堡和宫殿很多。有些建筑物的墙面做工讲究，墙面类似马赛克花纹拼砌得一环扣一环，精致完美。

比较著名的如位于卡萨布兰卡的哈桑二世清真寺。

我们一路奔走，略感疲惫。巴士停在马路边，哈桑二世清真寺就耸立在街边一大片空旷的广场上。它的背面就是波浪翻滚的大海。此地只停留20分钟。我赶紧下了车，顶着风，冒着小雨，在近暮色的阴雨中朝它跑去。我看见高高的塔尖直指云端，几扇拱形大门，绿色的顶。整座建筑气势恢宏。

傍晚不期而遇的雨，使空旷的清真寺广场似乎显得清冷和苍茫，甚至有点压抑。

20分钟，连跑带颠，慌不择路，气喘吁吁，东撞西撞，走马观花。最后，大家在广场合影留念，就此告别著名的哈桑二世清真寺。

真正要了解清真寺，了解哈桑二世清真寺，有时间的话，应该到它的建筑内部去参观。专家说："一些在伊斯兰世界中，意义深远的非凡的书法文字和豪华的瓷砖，以及美丽的彩色玻璃交织在一起，清真寺的墙壁仿佛漆上了一座宏伟的伊斯兰书法图书馆，指导信徒们的思想，并帮助解释他们眼中的一切事物。"

不知哈桑二世清真寺里面的真容是什么样子。

因为电影《卡萨布兰卡》的缘故，我对卡萨布兰卡格外看重。卡萨布兰卡的街道有许多传统和现代的建筑，有些建筑的装饰型图案很有特色，引人注目。团队中不止我一人，还有几个日本人也要求去看看电影里拍摄的实景地。街道两旁车来车往，我们乘坐的巴士缓缓徐行，忽然，领队指着街对面的一栋楼房说，看，就是那儿。最后，车还是被要求停下，大家下去拍了照。街上车很多，匆忙间，拍张照证明来此一游。

　　由于距离较远，看不清，感觉很失落。让卡萨布兰卡，让电影中那个记忆中的画面，继续留存吧。不再打开。

爱尔兰的"文学之都"——都柏林

都柏林当地女导游 40 岁左右，中等个头，话语简练，相貌朴素。她自称毕业于都柏林圣三一学院，理工科专业。圣三一学院久负盛名。当我们乘坐的巴士缓缓经过这座已有 400 多年历史的爱尔兰最古老的大学时，看见校门口神情自然手握书本的师生、古老高贵的古城墙、出出进进的学生，还有享誉世界的学术研究机构，所有这些都让我心里不由得暗暗为她改行做导游而感到惋惜。

她一定有充足的理由，虽然我没问。

导游在介绍都柏林城市风貌和人文景观时，着重介绍了诺贝尔文学奖获得者，以及著名作家王尔德和乔伊斯等。很可惜，中文同声翻译的普通话很不标准，浓重的方言，而且可能又不知道王尔德和乔伊斯的写作背景，所以翻译现场翻译起来语义含混很不清晰。

其实，都柏林是一座名副其实的文学城市，它是联合国教科文组织评定的"文学之都"。10月17日，我站在都柏林的街头，茫然四顾，不知所措。都柏林高贵典雅，空气中散发着迷人的文学气息：诺贝尔文学奖获得者叶芝、贝克特、谢默斯·希尼，还有大名鼎鼎的乔伊斯、王尔德、萧伯纳等。

导游现场介绍了王尔德的个人简介和诗歌，以及乔伊斯的《都柏林人》。我事先并不知道当天游览都柏林市区的行程内容。所以，当导游带着我们径直来到公园，站在王尔德的雕像前参观时，我确实有些喜出望外。有趣的是，公园雕像对面就是他居住过的房子。雕像的前面，还有两尊略小雕像。一尊是他妻子怀孕的雕像；另一尊是一位男性裸体雕塑，"为古希腊神话故事里的神"。石雕下面四周雕刻的是王尔德的文摘。

据报道，王尔德曾因同性恋入狱两年。出狱后生活贫困，不久在巴黎去世。

他妻子怀孕的雕像，在此出现象征什么呢？

时间再回转到十几年前。

我还清晰地记得那时在北京首都剧场观看原汁原味的爱尔兰国家剧院演出的话剧《等待戈多》。舞台上没有任何布景，黑黢黢一片荒凉感。全剧只有两位男演员。两位扮演流浪汉的男演员功底深厚，嗓音深沉，从始至终深刻演绎剧中对白，精彩至极。这部充满荒诞和哲理以及象征意味的戏剧，演出总共近三小时，我和刚读初中的儿子被牢牢地钉在座位上，目不转睛，散场时我意犹未尽。

　　时光荏苒。

　　现在，导游带着我们行走在都柏林古旧繁华的街道。在一栋几百年的老宅前，导游特意演示一个保留至今的实用工具的使用方法：雨天道路泥泞，在外面鞋底上沾的淤泥该怎么处理呢？都柏林人解决这一问题是利用一个铁制品，也称刮鞋器，固定在房门旁，看上去非常实用。

　　我们还乘船游览了利菲河岸。两岸历史悠久的旧建筑颇有特色，古老而有活力。像一部移动的历史教科书，对着乘船的我们讲述着都柏林的古今往事。

　　中午，当我们坐在一座里外典雅考究、装潢古香古色的咖啡店用餐时，特意品尝了当地著名的特产：黑啤酒。它纯度如何？"掌柜的给他拿来一杯什么都没掺杂的黑啤酒"。(《都柏林人——一片小阴云》)

　　什么都没掺杂的黑啤酒。

　　因为品质优良，保留下来的当年原样的小酒馆小咖啡馆，任时间流逝，是不会过时的。

　　之后，我用剩余的时间在城市的大街小巷里穿梭往来。

猛一抬头，街对面商店橱窗里高挂着一幅王尔德画像。

我是都柏林的过客。只不过匆忙一瞥，一掠而过而已。真正的都柏林，它的精髓，浓缩于爱尔兰那些不朽的文学名著中。

那天正是下午下班时间，街上行人很多。男女面庞很显雅致，制服着装者多。都柏林交通系统没有地铁，我特意向导游确认过。出租车我也没看见，主要的交通工具公交有轨电车和无轨电车也很少见。大部分人在徒步，速度适中。

我在街头停留片刻，环顾街头，脑子里尽力回想《都柏林人》中的某个人物场景，与此时此刻做个呼应。

当年的街道还保留着吗？

乔伊斯的著名短篇小说集《都柏林人》，1914 年出版。书中汇集 15 个故事，人物皆是中下层人。

小说写道："在威斯特摩兰大街，人行道上拥挤着下了班的青年男女。衣衫褴褛的报童跑来跑去，吆喝着各种晚报的名称。法林顿穿过熙熙攘攘的人群，得意扬扬地观看街上的景象，神气傲慢地盯着走过的年轻女职员。他的脑袋里充满了有轨电车的叮当声和无轨电车的嗖嗖声，他的鼻子已经闻到了缭绕的酒气。"

我试图想象此刻此街就是小说中的威斯特摩兰大街，正值傍晚。有轨电车的叮当声、无轨电车的嗖嗖声呢？

　　我热切地等待着。

极光圈内欣赏极光

　　"和平号"船于10月17日到达爱尔兰的都柏林，从这一刻开始，至10月21日的冰岛雷克雅未克，船上有不少乘客对此行的这段时间充满了兴奋的期待。

　　这段时间就是很有可能目睹极光的时间段。

　　船方安排工作人员彻夜值守，一旦有可能，立刻广播通知大家，并且提前把可能发生的时间和具体地点做了预报。

　　我对于极光的态度是顺其自然。如果出现在半夜或者凌晨，我舍弃，更不会兴奋得早早地守在公共区域做等待状。

　　最后，很遗憾，这趟航程极光只有蛛丝马迹出现。

　　根据观察，这个时候，高端专业相机绝对能派上用场。

冰岛雷克雅未克

没想到，我会来到冰岛。

遥远的冰岛，是和北极圈、冰川联系在一起的。

到达雷克雅未克之前，我们在海上遭遇大风大浪。航船在夜晚曾临时停靠冰岛的一个小镇港口。全船总动员，大家纷纷下船活动身躯，夜访小镇。

夜很冰冷，冷风侵肌，街上空无一人。远远地望见高处的白色教堂，十字架在寒气逼人的黑夜中，像个挺拔的灯塔，醒目而威严。温和的灯光不是街灯，是从路边的房屋中射出来的微弱光亮。我还好奇地趴在人家玻璃窗前看，里面是干净的厨房，各种用具一应俱全，简约实用。个别商店还开着门，物品一眼看上去就是典型的北欧风格，里面的店员略带着吃惊的表情看着突然拥进来的来自东方的陌生人群，应接不暇。

紧接着没多久，沿路关门的商店纷纷重新开门，迎接夜晚的不速之客。瞬间，有的商店里还排起了队。

温暖的小镇是"和平号"船临时的避风浪之港。不料，就在游客在小镇里徜徉购物时，船一度被大风大浪吹走了片刻。

当然，有惊无险。

"片刻"的分离，导致部分乘客归船时上不了船，在寒风中一等就是 20 多分钟。等到允许登船时，乘客们完全忘记了刚才等待中的寒冷和牢骚。为什么？因为船方除了道歉，还及时采取了补救措施，那就是，短短的时间内，工作人员在船舱口为归船的乘客准备了热饮和点心。

温暖人心。

10 月 21 日，航船正式停靠雷克雅未克港。

我跟团乘坐巴士驶向目的地——蓝湖，还有哈尔格林姆斯教堂、古议会遗址和亚柏亚露天民族博物馆。一路上，似秋冬换季温度，空气清洁透彻，有种丰沛的润。从车窗向外望去，大地辽阔，一望无垠。灰白色的天空，过往的车辆和行人很少，祥和，安静。沿途经过大片大片的平原，那是冷却的熔岩平原，似火山岩的地形地貌，棕褐色，凸凹不平。人仿佛来到了月球上。

渐渐地，下起了小雨。空气雾蒙蒙的，灰色加重，雾气弥漫，可是没有湿气，很通透。吸的气很爽口的感觉。我们就在这云雾中行走。雨中，观赏了教堂；雨中，那像铺着垫子一样茂盛的花草盛开在田野上。在柔软的草地和苔藓上，散立着一座座具有历史积淀内容的各式房屋，每一间房屋都是生活内容不同的鲜活的历史教材，这里其实就是活的博物馆。

冰岛地热能源丰富。冰岛充分利用这一资源，扩大旅游项目，改善当地民众的生活设施。

比如，蓝湖。

生活与自然结合得比较融洽，和谐的画面也呈现在人们的日常生活中。平和、高品质的生活，人们悠然自得。街上没有警察，却很安全。

2018年，冰岛在世界幸福指数排名上，名列第四。

最后讲讲蓝湖，冰岛地热能源丰富的标志。

蓝湖是冰岛最大的地热温泉。我像其他游客一样，在温泉中慢慢伸展自己的身体，在白色蒸汽的怀抱中，慢慢沉落于深深的湖水。

湖水中泛着白色温泉泥的颜色。这是生命的体验，健康的体验。

我把生命浸入这露天蓝色的湖水里，在山海相间和烟雾缭绕中，我的身体也在感受大自然赐予的大地的温度。

美国纽约

纽约，曾经是那么的遥不可及。

"和平号"船于 10 月 29 日下午抵达纽约港，30 日晚上离港。全体乘客被要求接受美国海关的面对面入境审查。

虽说下午进港，可是海关面对面审查究竟需要多长时间还是个未知数。据说肯定长，不会短。毕竟近 1000 人呢。

从上午开始，在接近纽约海域，乘客们穿梭往来，上上下下，随时随地密切关注有关纽约的一切动向。

当天阳光明亮。

在倒计时中，航船两边不时掠过：远山，之后船缓慢前行，像个摄像机镜头时而拉近，时而推远。一栋栋向云海垂直蔓延的摩天大楼，自由女神像，它们一起恍惚在海平面上漂浮，流动。

美式直升机在上空盘旋，巡视，或者是护航，也可能是有游客搭乘的观光直升机，一圈又一圈；水上有导航船引领。

船在快中午时进港停靠完毕。船的体积像一面墙，覆盖的阴影投射在岸上的亮处。

下午 3 点半左右，乘客们按楼层依次排队集中进行入境面对面审查。排了很长时间的队，出关审查却很简单。海关工作人员低头翻了翻我的护照，只问了我两句话："你是第一次来纽约吗？""在纽约待多长时间？"海关办公窗口有三四个，等我出关时，已经下午 5 点多了。

一出港口，现代工业文明风貌扑面而来。纽约的市容，凭借巨大的工业产业，和先前经过的各个城市形成了鲜明对比。街上行人为生活奔波的脚步似乎很匆忙，在黄昏暮色的掩映下，他们中的很多人神情凝重。

我和船上的三位乘客一起，在街上打了一辆出租车，之前打车很不顺利，几辆车拒载。我们的目的地是离此地比较近的"9·11 纪念地"。车程不远。一上车，我就产生怀疑，目测司机不太靠谱。他很瘦，黑发，很随便的休闲装，看上去有些邋遢。说话的刹那间，表情诡异。船上的工作很细致，连几个大景点的路程和大致的车程，车费和小费，事先都已经一一告知乘客，以免受骗。所以，我们已经准备好车费。没承想，在接近目的地时，司机先是说附近不能停车，然后略微绕了绕，停下后，居然要翻倍的价钱。我们没有听之任之，严厉地和他据理力争，付了他合理的费用。他自知理亏，悻悻而去。

游览结束后，到了晚饭时间。这时我得知我们和船上另外几个人在曼哈顿附近会合，一起吃晚饭。我们吃饭的地方是事先已预约和定位的一家吃牛排的餐馆。我本想在唐人街哪家餐馆吃顿中餐，毕竟船上偶尔的中餐不正宗，但是转念一想，既然大家一起出来，而且已经事先约好，那就牛排吧。

我老土，不仅表现为出门很少，没见过世面，还表现为在吃的方面知之甚少。晚餐总共 10 个人，我想每人 25 美元足够。况且我孤陋寡闻，并不认为在纽约吃牛排会如此之昂贵。倒是知道，在日本，和牛很贵。反正两地都没吃过。

等到结账时，每人相当于 100 多美元。我当时心里一悚，脑子轰的一声。此时，我都不愿意书写阿拉伯数字了，仿佛那串数字是把发光的利刃，不光刺得我睁不开眼睛，还扎心。

这是饕餮之宴，于我。

这晚，我们十人步行走过布鲁克林大桥，这钢铁巨兽般的桥梁建筑。是的，"钢铁巨兽"，或者说，庞然大物。我们边走边看桥上的说明牌。那么晚了，旁边的自行车道不时有骑车人通过。走完全程需要两个小时左右。

这座桥建于 1869 年，1883 年完工。

据介绍，纽约这一时期还修建了几座具有历史意义的代表性建筑。比如 1868 年，纽约建成第一座高架桥并投入运营；1907 年，纽约建成第一条地铁并通车，沿线有 400 多个车站。

1869 年，1883 年，不要把这一串串数字仅仅看成数字，这些数字不同凡响。这些数字记载了历史，也衬托出纽约工业化和高度发达的科技背景是多么巨大，让布鲁克林大桥、纽约的第一条地铁，尽显人类现代文明的成果。

如此的不可思议。

自责之夜终于过去。第二天，30 日的朝阳冉冉升起。这天，我将在大都会博物馆和修道院度过。

船上没有中文团，我只好报了日语团。有很多游客自行提前网上购票。我很落伍，同时为了方便快捷，总觉得跟团游省心。

很久以来一直期盼参观大都会博物馆，虽然我不知道何时才能实现。现在终于实现了。大都会博物馆珍贵的艺术展品，质量和数量巨大，这些人类文明进程中丰富的精神遗产把我如此彻底地带到我不曾领略的境地，只可惜时间太短。

偌大的大都会博物馆，的确需要时间去漫游和仔细欣赏。如果那样的话，只有半天游览时间的我们实在是无法做到。

即便不懂日语，只要跟随导游，馆内重要展品肯定不会错过。那天真是巧合，日语地接导游带领我们欣赏的重点是印象派绘画和其他风格流派的绘画，古希腊艺术雕刻和古埃及展品，比如古埃及典德尔神庙等。导游还留出了一个小时自由活动时间。这一个小时，我留在了中国瓷器长廊和希腊罗马的著名雕刻展品（古罗马时代女性面容丰富的表情和长褶皱裙子的皱褶，都能在艺术家的手里，用大理石淋漓尽致地表现出来。坚硬和柔软，以柔克刚）各个历史时期的文物以及其他珍贵展品中，流连忘返。

这里是精粹的艺术圣地，得以一饱眼福，幸哉。

顺便说一句：纽约人来源复杂，是座国际化大都市。街头碰上的出租车司机有位是印度籍。晚上在街上问路时，还遇上了一位说中文的留学生。

在纽约，不怕迷路，感觉到处都有华人。

古巴哈瓦那——海明威故居及其他

11月3—4日，航船停靠地是古巴哈瓦那。

船方规定，不允许船上乘客在哈瓦那自由行，必须跟团游。港口周边区域则没有限制。

哈瓦那港口是栋殖民时期的标志性建筑。出了哈瓦那港口大门，过了小马路，就来到了一个小广场。中央有雕像，古旧建筑林立，这里类似老城区。小广场内有一条条四通八达的小巷，交互错综。小巷狭窄崎岖，集商业、老街、居民生活、公共区域为一体，杂然而列。一条条小巷折射到很远很远，看不到尽头，因为时间有限，我未能无休止地漫步。

这小广场周围古旧建筑居多，大多是西班牙殖民时期遗留下来的西式建筑，保存得不错。虽然有的很破旧，但是基本面貌没有变，包括里面的陈设和功能，游客可以从中窥见当时的实况。

街上，时时"飙"过美国二十世纪四五十年代样式的老爷车。据说现在街上的老爷车的内部机器是经过改装的，外壳样式没变，变成了旅游车。它外形看上去很酷，有些游客很喜欢，价格当然不菲。

我有一套《海明威全集》。相比长篇，我更喜欢阅读海明威的中短篇小说。海明威最著名的中短篇小说是《老人与海》，海明威因这篇小说于1954年获诺贝尔文学奖。可是就我个人阅读兴趣来说，我更喜欢他的短篇小说《一个干净明亮的地方》。

《一个干净明亮的地方》，故事简练，只有三个主要人物。核心人物是一个男性老者，其他两位是小餐馆的男性侍者。小说透过两位侍者的谈论和对话，把老者的心理活动和现实生活淋漓尽致地展现出来。

故事的发生地就在小餐馆里。

话说我在哈瓦那一整天的参观内容都和海明威有关。我们在参观老城的大教堂后，没走几步，就在旁边西班牙殖民时期风格的小巷里停留，那里有一个保留至今、风貌犹存的小酒馆，是当时海明威经常光顾的小酒馆。

La Bodeguita酒馆。小酒馆不大，纯蓝色的外墙，那种蓝，是深海的蓝。墙上有类似涂鸦、海报的海明威宣传画。大街小巷很多地方都能看到海明威的宣传画。酒馆里面怀旧中掺杂些许伤感的情调，古旧的木质设施，典雅的装潢，墙上挂满了旧照片，时光仿佛停留在了海明威时代。里面两个中年男酒保正在熟练而准确地调配用朗姆酒、冰块和苏打水，外加薄荷叶和一片青柠檬做装饰的鸡尾酒。游客一拨接一拨，他们应接不暇。看着吧台上琳琅满目的酒，怎么也要尝一尝古巴酒的滋味。我接过酒杯，喝了杯中酒。当时没有反应，可是酒很有后劲，没过多久头就开始有些疼。慢慢地，那两位酒保的身影在我的眼前也似乎摇晃了起来，恍惚间怀疑自己是不是置身在《一个干净明亮的地方》的场景中。

几分钟后，摇晃感已过去。我们乘巴士又来到了另一个海明威经常光顾的小酒馆——El Floridita 酒馆。这个小酒馆的空间比上一间大，有六七张桌子供游客用餐。粉色的外墙，里面布置和陈设考究，精致雅洁的木桌木椅穿插其间。

一进门的左手边就是醒目的海明威半身雕像。右手叉腰，面露微笑，男人很酷的形象。这里也有以朗姆酒为主而调制的一种鸡尾酒，很爽口，比前一家的更上口，而且没有后劲反应。我们再次享用了海明威曾经喝过的鸡尾酒和一顿地道的午餐：可口的面包，汤，精致的火腿，主菜是煎鱼，甜点是冰激凌。这顿午餐好像让我忘记了身在何处。

这里是古巴吗？

接下来，是我哈瓦那之行的主菜单：海明威故居——Finca de Vigia。

海明威故居地是个庄园。据现场导游说，海明威是在获得诺贝尔文学奖之后，花 1.6 万美元从一个法国人手里买下了这个庄园。

来此之前，我们被导游带到据说是《老人与海》中描述的大海边在生活中真实的场景。碧蓝的海水，湛蓝的天空，岸边有个城堡造型的建筑，看上去结实有力，有可能是城堡也有可能是瞭望塔之类的，还有一些大礁石散布在周围，有栈桥通向水中。叫卖小商品和挎着吉他弹奏乐曲的村民围拢上来，脸上泛着欢喜的表情。在岸边，立着一尊海明威半身雕像，四周有围栏。

海明威故居门口有醒目的印有海明威照片的指示牌。整个故居还保留着海明威居住时的原貌。主要是书房、卧室，有出海的帆船，有猫的墓地，有露天游泳池；房间墙上挂着画，有一幅是他收藏的毕加索的画。导游说，海明威自己也画画。墙上还挂有兽头和猎枪等实物。在二楼登高远望，庄园里是一大片枝叶繁盛的树林和翠绿的草地。整个庄园静谧安详，游客不多。

海明威故居门外有两个卖纪念品的小店，店主年轻，小伙子模样，穿着时尚，耳朵有耳钉。看样子像是个体户，不详。

海明威故居留给我印象最深的是每个房间都有书架，且摆满了书。

　　结束了一天的旅行返回船上。

　　第二天早晨船起航前，我在小广场附近的街巷里溜达，误打误撞，看见一家有人进出的店，就径直走进去。只见里面左面的墙上挂着切·格瓦拉英气逼人的像。一束光穿过玻璃窗折射进来，打在坐在像下的一位老者身上。逆光的效果让他的面容更清晰了。他正低头默默地看一个放在桌上的本子。再往前走就是柜台，实际上是橱窗。我感觉这里有点像大食堂。古巴还在实行票证供给制吧？我抻着脖子往里看，粗糙掉渣的面包和香肠，一个男人正从服务员的手中接过来。里面案台上空空荡荡，一只蟑螂正在窗口附近奔跑。我收回目光，转身往外走。这时，坐在我身后的三位老人，其中之一表情严肃地用英语问我，女士，你从哪里来？我回答，我从中国来。接下来，他说了几句，我听不清，无法回答。只能笑一笑，很遗憾地望着他。他耸耸肩，很无奈的样子。

　　此时此刻，我想起了前一天中午可口的午餐。那顿午餐我吃了六七片松软的面包。

　　另外我记得，陪伴我们拜见海明威，一路同行的舒适巴士是 Made in China。

牙买加蒙特哥贝

　　到达牙买加蒙特哥贝的前几天，船方就不断用各种方式提醒乘客对即将到达的蒙特哥贝的安全要严加注意。一条又一条，一点又一点，谨慎又小心。

　　11 月 6 日，航船顺利抵达蒙特哥贝港。

　　据介绍，牙买加地处加勒比海，原是印第安人村庄，先后被西班牙和英国殖民统治。蒙特哥贝的名字就是出自西班牙语"油脂"之音。因为蒙特哥贝当时在西班牙统治下，是装卸牛油和猪油的港口，所以名字由此而来。

　　船方的提醒让我时刻保持警惕。即便随团出游，还是小心翼翼，不知牙买加社会治安的危险程度到底如何。

　　当地华裔中文导游谈兴很高。一路上，她从牙买加社会的政治、经济到当地华人的生活现状，完整地描述了一遍她眼中真实的牙买加。她是三十开外的兼职导游，三个孩子的母亲。这次带团是她第三个孩子出生两个月后的第一次上岗。她性格开朗，侃侃而谈。她的描述绘声绘色，情节曲折动人：她在当地怎样开超市，怎样携枪开枪防卫，怎样和当地人相处，怎样雇用当地人，怎样对付自己雇员的偷窃行为等非常有趣的细节场景。惊心动魄，真乃意犹未尽。简直是一部枪战大片。

接下来参观的玫瑰庄园，更是增加了鬼魅气氛。

玫瑰庄园，听上去名字很美好，很温馨，像是包裹了个浪漫的爱情故事。实则不然。从走进庄园开始，听导游一个房间一个房间地讲解，女主人公那些残忍的真实故事已经让我忍不住想逃离现场了。虽然玫瑰庄园建筑本身很壮观，一切陈设都按照原来的模样保持下来，尽显当年的富贵，但是玫瑰庄园里的故事太悲惨。残忍，扭曲，变态，人性的丑恶，在这里汇集。

集丑恶与巫术于一身的女主人公，在这里将自己从美丽淳朴的少女演变成了充满淫欲和制造恐怖的女魔鬼。

这个真实存在的故事，真是亵渎了这个美好的名字——玫瑰庄园。

牙买加还有一处著名的海边旅游胜地——白沙滩。
热浪滚滚，人来人往。倒是见到了许多船上的人来此游泳。
玫瑰庄园的故事还让我惊魂未定。
我先坐下吧，压压惊，顺便发发呆。

巴拿马克里斯托瓦尔

11月8—9日，原计划在巴拿马克里斯托瓦尔的游览项目被临时取消。领队紧急通知我和相关的几个人，都是下一站参加危地马拉至墨西哥5日行或者和危地马拉相关的乘客，要集中到危地马拉驻巴拿马克里斯托瓦尔领事馆补办入境相关手续。

车一出克里斯托瓦尔港口，直奔主路前行。谁知车也就走了100多米便开始严重堵车。目测前方道路在施工，车慢慢地挪动，道路不宽，路面颠簸，车辆不多。沿路经过的港口周围有些破旧的居民楼房。据说，在此地像这样的楼房里，疑似有毒贩子才会懂的毒品买卖。有人开玩笑说，看哪，凉台上晾晒的衣服，说不定就是毒品贩子联络的暗号呢。

两个半小时的车程，我们一行人在中巴车上浏览了克里斯托瓦尔的新城和旧城。

下雨了。我在车里迷迷瞪瞪，睡眼蒙眬。可是我跟克里斯托瓦尔似乎很有交情，克里斯托瓦尔很具现代感的新城仿佛一瞬间就唤醒了沉睡中的我。雨后的天空，像过滤过一般清晰通透，现代都市的一角就从车窗前一一闪过。

危地马拉驻克里斯托瓦尔领事馆办公地在一栋几十层的办公高楼中。一个小时左右，手续全部补齐。

趁着朦胧天色，路上，应大家的要求，车被允许在一处具有历史价值的古建筑前停了 15 分钟。大家自由活动，拍照留念。

每个人都抓紧时间围绕在古建筑周围浏览拍照，只有一个人除外，他就是率队前往领事馆补办手续的船方日籍港务负责人。

他四十开外，中等身材，办事面带微笑，谦恭严谨，黑发混杂着白丝。

据说船方严格规定，作为船方的工作人员，在外工作期间一律禁止使用手机、相机拍照。

他自觉地严格遵守。

一路往返，他坐在司机旁边，精力高度集中。两个半小时后，他率队轻松安全返船。

船上的晚餐正在进行。

巴拿马运河通航

在行程的三分之二段，我们进入了巴拿马运河通道。时间刚好是 11 月 8 日到 9 日。之前，我们曾经过苏伊士运河。

苏伊士运河连接地中海和红海，是亚洲和非洲，与欧洲之间的主要通道。而巴拿马运河也是海上交通要道，横穿巴拿马海峡，连接太平洋和大西洋。

在到达巴拿马前后近一个月里，我在船上大部分的时间是调整因晕船而引发的不适。大西洋是如此猛烈，人躺在船舱里，船摇晃猛烈，跌宕起伏，有时像荡起的秋千，人随着船恨不得直立起来。沉沉的夜里，时常传来剧烈的风浪冲击船体发出的轰轰隆隆的响声。静悄悄的夜里，这声音异常清晰。同时船板、木墙隔板、木柜等物体扭摆挤压碰撞时发出吱嘎吱嘎的声音，仿佛木制墙板就要坍塌，巨浪滔天能把船翻卷起来。尤其在夜晚，我觉得这是一道心理素质的测试题。此时此刻，如果谁心绪稳定，能够把它当作休息前的催眠曲，或者是深沉悲怆的交响曲，那就再好不过了。桌子上、茶几上放置的东西，都要拿下来轻轻地摆放在地上，尤其是水杯和水壶。

船上的准备工作很充分，时不时地广播提醒大家注意安全，在船内开关门时，在走路时，谨防跌倒或被夹伤。

晕船则需要慢慢适应。夜晚还好。如果是白天，在头几天的剧烈摇晃中，很多人不时地呕吐。某天早晨，我已经吐过几次，人昏昏沉沉。偏巧，那天上午10点是船上指定的海上乘客演习时间，船方规定全体乘客必须参加。怎么办？想来想去，强撑着起身前往指定地点。为保险起见，谨防万一，别失态，我随身带了个小塑料袋。在演习的过程中，乘客虽然只需坐着，可是我发现不止我一个人，很多人在此过程中，都悄悄拿出自备的小塑料袋，闭着眼，一脸痛苦状。也有人像我一样，不时地用袋子捂在嘴上。

逐渐适应晕船后，巴拿马运河通航的日子也要到了。事先也没有太在意。因为之前曾经过苏伊士运河，于我很平常。然而，这次迥然不同。

巴拿马运河通航真的很有仪式感。

我们一直随着船航行在无边无际的大海上，随波逐流，时时和孤独相伴。现在突然像打开了大门，茫茫的大海不见了，只见庞大的航船正慢慢减速，好似行走的人，行走在越来越窄、只够容身的峡湾里。天清气朗，两岸风景无限。此刻，炎热的夏风已经消失，起伏的凉爽微风正在从河水里徐徐吹来。水路两旁是公路和碧绿的草。船缓慢地行进，从无边无际的大海还原到陆地、流水、人家、房屋和优美的自然景观，就像是镜头的切换，猝不及防。

此刻，航船即将过关。

巴拿马运河上有三道关口，即三道铁闸门。现代技术造就了神奇的铁闸门，通过现代技术再一道一道地过。岸上的技术操作者和船上的水手默契配合，动作娴熟。乘客们就像是观众，正在欣赏一场精彩的表演。船上的粗缆绳像抛物线般甩到岸上，岸上的工作人员准确地轻松对接。金属器具摩擦碰撞，运河两边，一边一台像是平衡牵引车（我不知道它的学名），慢慢地牵引航船前进。行进中，似山间陡峭的隧道，响起了深沉雄壮的回声。咣当，咣当，一道道铁闸门徐徐打开。船上到处都是人，这些兴高采烈的乘客布满了船舱各个有利地形。在通过最后一道闸门时，所有人都在欢呼。

岸上的人们聚在一栋二层楼里，上上下下也站满了人，兴奋而热情地挥手致意。船上的乘客也在挥手欢呼，告别。

莫名地为之感动，泪眼盈盈。

风和日丽下的欢乐声就像是美妙的音符在金属光芒的闪耀中盘旋回荡。渐渐地，在海波荡漾中，弹奏休止了。

船和楼房错身而过，驶入大海。海面渐渐宽阔，船尾留下滚滚波浪。不久，人、船和大海又归于沉寂。

　　波澜壮阔的一天。

　　转眼间，天空五彩斑斓，傍晚了，近晚饭时间了。

文明的奇迹——昌昌古城

偶然间，与昌昌古城相遇，这是我的幸运。

航船在秘鲁卡亚俄停留三天，11 月 13—16 日。我本来打算想办法再一次自由行，再去趟心仪之古城库斯科，住两晚。但是计划落空了，无法前去。随后的选择项目，常常是出自感性。

世界遗产地昌昌遗迹这个旅游团只有 13 人。两个中国人，其余都是日本人。

昌昌古城之行很辛苦，凌晨 2 点出发赶往利马机场，搭乘飞机前往秘鲁特鲁希略市。人浑浑噩噩赶到集合地点四楼主餐厅时，那里已经坐了许多准备出发的人，几乎都是老年人。

坐在我旁边的是一对老夫妻，台胞。他们参加马丘比丘线路，也在等待出发，看上去 70 多岁了，却毫无疲倦困意之感。他俩是船上被人们时时传颂的一则佳话：相濡以沫，恩爱无比。任何时候两个人都是手牵手，说话和颜悦色，儒雅有礼，气度不凡。此时，男主人片刻不闲，手里拿着一本书，竖排版的，读得很专注。眼睛不往别处看，也不受外界干扰，只停留在书本上。周围的喊喊喳喳声，对他似乎毫无影响。

　　且说昌昌古城，于我非常陌生。

　　据介绍，它是全世界最大的一座土坯城，被业内人士称为城堡之城。

　　昌昌古城位于秘鲁西北部，即现在的特鲁希略城，11—15世纪是南美洲古印第安文明中奇穆王国的都城。1470年，它被建造马丘比丘的印加王国所灭，奇穆王国的语言也随之消亡。

　　南美洲的奇穆王国和印加王国在历史上是非常重要的两个王国。奇穆王国被印加王国所灭，印加王国又被西班牙所灭。对于奇穆王国，我所知甚少。据介绍，同属南美洲的奇穆文化崇拜"月亮神"，印加文明崇拜"太阳神"。可是最新考古发掘的报道说，"昌昌"在奇穆语中代表"太阳"的意思。不知有关奇穆王国的"太阳"和"太阳神"这两个概念所涵盖的具体历史内容是什么，期待考古专家做进一步的解释。

　　在建筑方面，大概缘于所在地的自然资源所限，奇穆文明的全部建筑材料，包括它的墙、蓄水池和金字塔形的寺庙，皆为土坯，或者称土砖。昌昌就是用土砖建造的一个巨大古城遗迹。而印加王国的建筑，使用的大都是石材。

同处南美洲的奇穆王国和印加王国有一个共同点是，都喜欢用金粉做装饰。

从特鲁希略城区乘坐两个小时左右的巴士即到达昌昌古城遗址。当天气温高达 30 多摄氏度，干燥炎热。刚才城市的风貌、海岸线，两个小时后一下子全消失了。

古城门口竖立一块牌子，注明"著名世界遗产地——昌昌古城遗址"。更确切地说，昌昌考古遗址是在 1986 年，被联合国教科文组织列入世界遗产名录和濒危世界遗产名录。

推开门，恍惚为了追寻古城昔日的影子，而来到了广袤的沙漠地带。视力所及一片金黄色沙土丘，在蜿蜒窄曲的小路中起起伏伏。

导游说，这座遗址 20 多年前才被发现，现代考古工作随即展开，截至目前，考古工作还在逐步进行。

我们跟随导游在曲折前行参观的过程中，在挑选出来的很多展厅出出进进。整座遗址的面积很大很大。在参观过程中，我自认为主要有两个方面不容错过。

首先是各种建筑用途残存的围墙遗址。

在炙热的阳光下，每段围墙都是耀眼的金黄色，上面有各种图案造型的浮雕，比如几何图形和波纹等图形。专家分析说："有些图形象征着渔网和海浪，而且这些内城可能是昌昌帝国十位君主的陵墓，兼作王族居住区的城堡。其内一般有贮水池、陵墓、宫室等建筑。"

我们参观的遗址内最重要的莫过于月亮神庙，如果我没记错的话，相比于其他有些地处沙丘黄土上露天的遗址，这个神庙有一层遮天蔽日的庞大考古棚顶。

你一走进门内，外面的酷暑感旋即减退，凉爽感倍增。古时的殿堂必定宽敞，跨度不小。在这种阴凉阔大的光亮里，你慢慢朝前走。突然，一面古代残留的绚烂彩绘的墙壁生动地直立于你的面前。想象一下，那是何等壮观的场面！面对它，我自言自语：只这一面彩色的墙，这一趟昌昌古城之旅就值得了。至于其他的泥土建筑杰作，资料中的"古城中出土的铜器、金银器、陶器、纺织品等"，感觉都不用看了。

那是一种一瞬间砰的一声，心被冲撞的强烈感受。我的自言自语虽然是通过嘴巴发出的，可当时那是全无意识的本能反应。

这面彩绘墙壁，至今颜色基本上清晰鲜艳。有些局部稍模糊，有些局部更清晰。大概是它一直埋藏于地下沙漠干旱地貌的缘故，因此考古发现时相对保存完好。

无论地域和文化有何不同，古代壁画的艺术感、质感、想象力和近现代壁画都有很多不同之处。古代壁画使用的颜料、着色和绘画技艺具有一种强烈神奇的精神感召力，瞬间征服现代观赏者，比如，我。

其实我当时有些旅途疲惫感，但是站在壁画前人即刻便重新抖擞起精神。壁画上密密麻麻，讲述的是这块神奇土地上孕育的古老文明中寓言、传说、神明、祭礼、宗教，以及日常生活的演绎和图腾吗？

这里是一片沙漠般孤寂的废墟，唯有残存的艺术这一形式方能解读过往的奇穆文明。

整面墙体看不出建筑上的拼接和缝隙，它坚实，肃静，在这座曾经辉煌的殿堂里，让我们得以窥见古老奇穆文明史神秘的蛛丝马迹，为之鼓掌，赞叹不已。

危地马拉夸特扎尔——墨西哥曼萨尼略

1.提卡尔国家公园遗址

我没有做功课。在懵懵懂懂的不确定间,只一步便迈入了有丘陵、沼泽等地形的巨大热带雨林,落入了神秘诡异,时空流转,历史至今无法言说的玛雅文明遗址。

这里就是提卡尔国家公园,世界著名的危地马拉考古遗址。

可以更形象地说,这里是玛雅文明和玛雅文化的废墟场。古老的玛雅文明似魔法般裹挟和弥漫在你的身边。不期而遇间,你会发现常常被游客忽略的惊喜:空地上,木枝搭起潦草的小草棚子下面覆盖着一个宽大的石刻头像,或者是直立、平躺的石块雕刻等。年代久远,古老的石刻上面还留有隐约可见的色彩,头像似乎是神像,比例呈几何状,庞大而夸张。

石块雕刻多似图腾的符号和造型，类似碑文。

谜般的玛雅文明和历史就像消失的城市一样无迹可寻了。

完全的消失。据介绍，它的开始，它的过程，它漫长的时间和历史烟云已令今人无法拆解。我的身体像是被没有线头的线团缠绕着，跌跌撞撞地在这片有限的空间里按图索骥，试图来探寻、探测它的历史足迹。

散落在这里的每座金字塔神庙都带着历史的恒温和记忆，带着野蛮、粗暴和血腥组构而成的文明进程。在这里，时间的镜头可以推远，也可以拉近你诗意想象的空间。距今几千年的神秘历史留在了这片寂静安详的热带雨林之中，挥之不去。

临行时，船上还特意播放了一部简短的纪录片，介绍玛雅文明的象征——墨西哥的金字塔。因为解说是日语，听不懂，但是从画面中还是感受到了不同寻常的惊人一幕。当地专业考古人员引领日本摄影记者进入平时不对外的金字塔内部时，入口是在金字塔中间的部位打开的"一扇门"。内部的画面更是让人难以想象：镜头前巨大的宝藏，正中是比实际比例大得多的头部艺术雕像，周围是各种各样的饰物、壁画等，琳琅满目。

专家说："由于玛雅金字塔好似千层糕，每一个新建筑都构建在先前的建筑的顶上。"因此，丰富的艺术宝藏存储于金字塔的内在空间里。

那天，我们行走，攀爬，下行。头顶被一株株高大、密布的植物所支撑的呈伞状缠绕的绿枝所遮盖。"遮天蔽日"这个词很恰当。遮天蔽日的树丛里，看见了被玛雅人称为"圣树"的塞巴树。脚下的土路湿润，左右两旁是一根根粗壮的盘根错节的虬形树根和树枝。我们停下来，还望见了树枝上荡来荡去的猴子和不知名的鸟类。空气潮湿闷热，有的树干和老枝上有生花的果茎。大部分建筑早已坍塌，一些残垣断壁偶尔可见。一座座零星的金字塔神庙神秘莫测。导游介绍说，对游客开放的重要的金字塔神庙都已经编排了序号：一号，二号，三号，四号，五号，六号……具体有多少号，记不大清了。

每座金字塔神庙的正面一般都是陡峭的台阶。梯形结构，顶部有的是平台形，有的是锥形。塔身层次分明。有一个金字塔神庙前面立着三块直立的碑形石头，它们的前面分别有三块圆形的石鼓形状的石头。金字塔神庙面容沧桑，非常像流传至今的古代石碑颜色。风化的石头上面铺着一层斑驳的黑色。除了金字塔神庙，公园遗址里还有几座好像是古代宫殿的广场遗址，肃穆威严，在空旷的废墟间，在残垣断壁间，在每片树叶间，历史丝丝缕缕的回忆还在，还留存在那些监狱、球场、民房等遗址中。

属于充满谜团的玛雅文明，只有借助现存的金字塔神庙等遗址遗物来解读它的历史了。

史料称：1523年，这里的玛雅文明被西班牙殖民者摧毁了。"西班牙对美洲的征服，使其成为世界上最大的帝国。"

1979年，提卡尔国家公园遗址被联合国教科文组织作为文化和自然遗产，列入世界遗产名录。

2. 墨西哥国立人类学博物馆

玛雅人是古代印第安人的分支。

印第安人，即美洲土著的统称。

玛雅人的文化特质在不同的历史阶段和漫长的时空中，形成了自己多种多样独特的传统艺术风格。

我之前对玛雅文明和玛雅文化的具体内容和形式很陌生。提起玛雅文明，一下子联想到的竟是：古代的印第安人和原始图腾符号的艺术品之类。想到的是：那些印第安人身穿兽皮，脸上画着脸谱，头上插着鹰羽冠，浑身散发着土著远古的气息。这些无来由的有关古印第安人的联想让我的脑海里时时重复着这些词：西班牙殖民者，反抗，抗争，被屠杀，等等。

墨西哥国立人类学博物馆给了我久违的灵魂一颤。它用完美的艺术展品和精美绝伦的艺术想象力矫正了我的思维偏差，给予了我原先无法想象的丰沛的艺术营养。美洲在古代并非蛮夷地带，它具有高度繁荣发达的高原农业文明。这是我此行最大的收获之一。

墨西哥国立人类学博物馆建于1964年。它的建筑外形就像是一个大的矩形庭院，好像只有二层，四周方方正正，规规整整。它的正面是国徽的浮雕，庭院入口中央是一个带有蘑菇形遮盖的石柱喷泉。据介绍，在印第安人日常生活、农业文明的发展进程，以及宗教上对祖先的崇拜和祭祀等活动中，有很多的神，日常生活也常常涵盖对神的世界的关联和艺术表达。其中有两个重要的神：火神维维特奥特和雨神特拉洛克。所以墨西哥人类学博物馆的建筑设计融印第安传统文化和现代艺术为一体，尤其体现了"水"在传统文化中的象征意义。

石柱喷泉两旁是一个个展厅。其中最重要的展厅是玛雅文化和阿兹特克文化。如此复杂、奇特、技艺高超的艺术品，用一个人的话来形容就是："艺术仍是一种原始的精神感觉，是一种表现神秘的方式。"

我们在墨西哥人类学博物馆只有两个小时。领队金盛真介先生用英语指着地图跟我说，你可以自己先绕着四周陈列馆加速观看，不必随团走。

借此机会，说说金盛真介领队。

为什么呢？因为我报的几个长线旅程碰巧都是他任领队。他是我第一次接触到的日本正规职业导游，科班出身，40岁左右，很斯文的样子。可是他又与我见过的日本人有很大的不同。虽然是工作，但是他不像有些日本人不苟言笑，正襟危坐。他很随和，细致而有耐心，工作安排得井井有条，遇事严谨务实，总是想尽一切办法解决和满足大家的需求，比如他自费给大家准备了糖果饼干，以备不时之需。

我们常常旅途劳顿，晚睡早起，一到车上就会打盹儿。这时，如果你醒着而且路途较远的话，你会听到最前方导游座位上传来朗读的声音。他手拿一本书，给乘客朗读。这是一本系统全面地介绍当地人文历史、地理地貌的书，上面有他自己用红颜色的笔勾画的注释。他自己还事先给游客一一复印了必要的史料内容简介。如果哪天晚饭时间推迟了，在车上他会拿出他准备好的自身携带的糖果饼干，每人一份。每次日语说完一遍，他又会来到我的座位边，按日本习惯，双膝跪下，用英语再一次一一说明。

他的职业道德和职业精神让我由衷地肃然起敬。

这次在墨西哥人类学博物馆，我跟着金盛真介领队第一步踏进的就是特奥蒂瓦坎陈列厅。

一瞬间，我的血液加速了循环，我被惊呆了。特奥蒂瓦坎已被联合国教科文组织列为世界文化遗产，陈列的展品代表该地区最古老的中美洲都市文明的精华。

展室设计十分独特，迎面就是占地面积很大，按照羽蛇神庙门面实体大小复原的复制品。虽然是复制品，但是它精美的雕刻和独特的造型，仍具有巨大的视觉冲击力。

它们是奇特的艺术想象力和登峰造极的艺术品。

之后，我脱离主队，单独一人开始一个展馆一个展馆地参观。其中有太阳金字塔、月亮金字塔、水神殿以及其他宗教建筑，玛雅文化的石碑、石雕、石像、壁画、陶俑、陶器、浮雕、翡翠面具及豪华的饰物，还有按照实际比例复原的建筑物等，没有娴熟的高超技艺是无法完成的。

专家说："玛雅艺术形象并非都正襟危坐，而是造型表情各异，可谓人类历史上艺术创意大爆发的时代。色彩丰富，神秘莫测，有时甚至滑稽搞笑。这些陶瓷人物、器皿和壁画，催生了典籍和记录资料。出于对形象的极度痴迷，玛雅人发展了一套完备的象形文字。这些象形文字或图画文字，在玛雅城邦随处可见。"

墨西哥国立人类学博物馆就像是一位学识渊博的解说员，通过精美的物品，让我们了解谜一般由城市宫殿、寺庙、陵墓等组成的曾经辉煌的历史和文明，包括古代社会阶层、祭祀和民众之间的关系，分析解构一座座金字塔的神秘特征和它们如何神秘消失的痕迹，以及对当时人与社会的结构，人与自然的关系等内容。

它们不仅仅是艺术珍品，更是伟大历史文明的见证者。

3. 特奥蒂瓦坎遗迹

那是怎样的一种感觉？我问自己。

一股狂喜弥漫开来。

来回 5 天的行程，早起晚睡，旅途劳累，甚是辛劳。可是现在感到一切都值得。这样的感觉在此次旅程中总共有两次：一次在昌昌古城遗址保存完好的一块巨型壁画前；再一次就是这次。这次最震撼。

"足矣。足矣。太厉害了。"我语无伦次。

先前墨西哥国立人类学博物馆里的羽蛇神庙门面复制品已经让我兴奋难耐。现在是站在真迹前啊！

特奥蒂瓦坎，又称众神之城。史料称，"在印第安人纳瓦语中，特奥蒂瓦坎是'创造太阳和月亮神的地方'"。

联合国教科文组织授予特奥蒂瓦坎世界遗产的评语是："众神创造的城市"——圣城"特奥蒂瓦坎"，建于公元 1 世纪至 7 世纪，其建筑物按照几何图形和象征意义布局，以建筑物

（特别是月亮金字塔和太阳金字塔）的庞大气势而闻名于世。

专家认为整座特奥蒂瓦坎城布局精准，就像是"一个落在地面上的太阳系。而且其中包括天王星、海王星和冥王星。特奥蒂瓦坎城所有的建筑物，包括宫殿和民房，都与太阳金字塔的方向严格一致，表现太阳在天上的运行轨迹"。先进的天文、物理、数学等深奥的科学理论知识，是如何被掌握的呢？

谜一般无法解释。

这片石质遗址看上去逶迤绵延，特奥蒂瓦坎城由一条贯穿南北的中央大道伸展出去。我手里只有一张导游发的指示纸片，标注着大致的方位：死亡大道、太阳神庙和月亮神庙。专家说："太阳金字塔是特奥蒂瓦坎古城遗址最大的建筑。这些建筑，包括太阳金字塔和月亮金字塔，甚至整个中美洲的这些建筑和庙宇都具有明显的宗教特色。这些并不是坟墓，它们是举行祭祀和宗教仪式的地方，与当地的宗教信仰有密切的关系。"大道两旁的建筑被认为是诸神的陵墓。参观的几处重要遗迹都是陡峭的台阶，上上下下需要体力和耐力。古代印第安人设计的金字塔据专家说是按照被视为神圣符号的五点形建造的。历经千年，它们至今屹立不倒。

我们跟着日籍导游沿着大道走了很长一段路后停下来，导游说到了一座重要的神庙。之前已经参观过几座外形类似的金字塔了，并攀爬了大概四五座金字塔。其中有一座金字塔台阶非常陡峭，分两部分。在登顶第一段台阶后，我气喘吁吁略一迟疑时，眼见领队金盛真介先生已经排队开始攀爬第二段台阶了。同时，团队中和我年龄相仿的欢快活泼的"玛子酱"发现我犹疑后，指着正在攀爬的70多岁的老妇对我用英语说："看看她都在攀登，来，一起爬。"并用中文说："加油！"这种鼓励很管用。仿佛转瞬间，人没怎么费劲就登顶了。

导游说的这个重要的神庙就是羽蛇神庙遗址，位于死亡大道南端东侧，建于公元150—200年。

当天时值中午，天气炎热，气温很高，身体疲乏。抬眼望去，阳光炽烈，不远处有一座平台式金字塔，好像是三部分组成。每层阶梯似乎比先前的几座金字塔略显平缓。我望着梯形台阶有些发怵，心里似乎不是很坚定。然而当我登顶后，我的血液似乎凝固了，灵魂被击中。我心跳加快。我不知用什么词语来表达我的震惊。

它像一座小山丘，在它前面，时间仿佛静止一般。时间带不走它。它静静地伫立在那里。我就像那个久远年代轮回的人一般，站在那里，平视着它。

有位艺术家曾说："我们都徘徊在永恒的边缘。有时会通过交错的幻觉来获得风景。"

史料载，羽蛇，顾名思义，就是因蛇身，头上长着克沙尔鸟羽毛而得名。它是印第安人崇拜的神话动物。

专家说："这一神灵有时会以全身覆着绿咬鹃闪灵羽毛的蛇形象现身。墨西哥遭到了迅速和残忍的占领，这一伟大文明的艺术遗产遭到掠夺和熔毁。"

据史料记载："西班牙到来之前，中美洲的统治者还是阿兹特克人。他们尽管拥有文字和复杂的历法，擅长制作金首饰，却即将遇到和阿兹特克传说中的神灵一样嗜杀成性的人类。作为礼物，阿兹特克皇帝蒙特祖玛赠送西班牙征服者的首领一尊双蛇头羽蛇神雕像。"

关于羽蛇神庙，古代印第安人还流传有一个神奇传说："羽蛇是来自遥远太空的神灵，降临在特奥蒂瓦坎。向人们传授各种知识和律法。他教会人们之后，就乘上一只飞船，返回神秘的星空去了。"

也许，"动物为神怪形象提供了原型。"专家说。

很可惜，羽蛇神庙早已坍塌，只剩下神庙的一座非比寻常的六层底座，一座具有强大心理感染力的六层底座。

就像是双层的墙壁，站在金字塔顶端平台上，面对的就是让人惊叹不已的羽蛇神庙遗址。

羽蛇神庙底座残留的雕刻是浅雕刻，横四层，纵二行。纵行也就是台阶两边的雕刻行。

我眼前是2000多年前的印第安人的石刻艺术。蛇头凸出于石面，半张着嘴，栩栩如生。羽毛环绕在头周围，刻在石面上。据介绍，横刻的石雕是雨神的头像和羽蛇头像交叉排列。基座上还残留着些许橘红色，仔细看上去，似乎是精美的壁画和错综复杂的怪异符号。

所有这一切，都是其高度文明的体现。同时，也吸引着我们的目光不断去勘查它的缘起和消亡。

我喃喃自语：印第安人不朽的艺术想象力所创造的伟大文明，我现在能够目睹，幸哉，幸哉。

1987 年，特奥蒂瓦坎古城被联合国教科文组织列入世界遗产名录。

4. 前奏曲——旧危地马拉古城

11 月 22 日清晨，航船到达危地马拉。

随即，我们开启航程。22—26 日的 5 日之旅特别令人期待，机会难得。

我们一行 20 多人在日本领队金盛真介带领下，9 点半准时从港口出发，乘巴士前往安地瓜古城。路程约两小时。车窗外山脉环绕，景色甚是宜人。没想到的是，途中很吸引目光的风景，竟是一座正在我们视野内慢慢喷发的小火山。此地真不愧是火山多发地。只见蓝天白云下，正上方的一座山顶烟雾缭绕，当然只是缭绕而已，并未见熊熊之势。火山周围布满了绿树和鲜花盛开下的屋舍、人家。换一角度，小火山的烟雾更像是农家的炊烟冉冉上升。我们坐在车里，随着巴士的行进，变换着角度，拍着照片，在沿途现场观看火山徐徐喷发的过程。

就在不知不觉间，巴士开进了安地瓜古城。

安地瓜，是坐落于山谷的古城，又称旧危地马拉。

据介绍，它建于 1543 年。安地瓜原为西属中美洲的首府，在西班牙殖民统治危地马拉时期，它曾是首都。故旧危地马拉古城内大都是西班牙风格和欧式建筑。

1776 年，首都从旧危地马拉迁都于"新危地马拉"。

小城典雅，优美。正午的蓝天和白云清澈，透明，仿佛贴在了山谷上。

我们在一家西班牙巴洛克式庭院的餐厅里用午餐。外墙是淡黄色为主的色调，屋檐和窗沿是淡蓝色。和房屋相比，欧式的窗型很大。这家餐厅的外窗台上都是用色彩鲜艳的花环做装饰，同时也起到了遮阳的效果。

一条条小巷，石头石板铺就。圣玛利亚教会、卡布诺女修道院、主教座堂和手工艺品市场等就镶嵌坐落在这五色斑斓的建筑里，随地势的起伏蜿蜒迂回，宛如彩色的织锦飘荡在城市之间。

卡布诺女修道院里人影稀落，和圣玛利亚教会比邻而居。几面高大暗淡的石墙映衬着环形的拱。阳光在露天的一圈圆顶的拱门廊空地上印下几束强烈耀眼的光芒。墙壁上有几个通向后面的门洞。门洞从不同的角度通向后院。后院是一大片翠绿的草地和绚烂的花卉。花卉的色彩，多多少少会驱散修道院萧寂冷清的氛围。

修道院正面，一间阴暗的屋子里结构封闭，堆放着一些器物，或许是工艺品。一位面无表情的神职人员坐在暗处，平添了肃穆之美与岑寂之感。我小心翼翼，稍站片刻，这里虔诚和幽暗的光亮竟让我生出不安的情绪，旋即出来。

为什么叫卡布诺女修道院？

这里的人们主要以旅游业为生。整个城市街道，里里外外布满了旅游品商店和四处叫卖的商贩。

1979年，安地瓜被联合国教科文组织列为世界文化遗产。

11月22—26日，开启危地马拉夸特扎尔——墨西哥曼萨尼略的"提卡尔遗迹和特奥蒂瓦坎5日之旅"。以上这些小标题中的地名，它们诗意盎然，在我的回忆中散发勃勃生机。全部旅行结束后的每个名字，每个地点，都会在我未来的生活中汇集、凝结成永久的记忆。

故记之尔。

珍珠港

12 月 5 日，"和平号"到达此次航程的最后一站——夏威夷的檀香山。

檀香山，原名火奴鲁鲁，是夏威夷首府。据说，早期盛产檀香木，所以又名檀香山。

77 年前的 1941 年 12 月 7 日，日本法西斯发动了一场针对美国的偷袭，以迅雷不及掩耳之势攻击了美国海军太平洋舰队在夏威夷的基地——珍珠港，史称"珍珠港事件"。

美国对日本偷袭珍珠港毫无准备，所以损失惨重。其中具有代表性的是美军主力战舰"亚利桑那"号战舰被日军击沉。

珍珠港事件标志着太平洋战争的爆发，太平洋战争持续了 4 年。专家评说，太平洋战争涉及世界上 60 多个国家，是人类历史上最大规模的战争。这也是第二次世界大战的转折点，因为美国从此开始对日宣战。

据统计，第二次世界大战是人类史上死亡最多的战争。

整整77年过去了。檀香山现在是一座现代化旅游发达城市，也是一座令人悠然自得赏心悦目的城市。空阔的长街上到处是繁盛的绿色植被，林荫路，海岸线，沙滩，秩序井然。船在夏威夷停留两天，6号晚上起航。我和热情的船友借此机会专门去了趟珍珠港。

我们直接坐公交车，很方便。船舶停靠地到珍珠港路程较远，乘公交车约一个半小时。车上，乘客很少，我们偶遇一位来自国内的退休老人。她一听我们说中文，立刻走过来主动打招呼。她一边介绍窗外的景色，一边介绍她自己的来历。她说她是来给女儿帮忙的。带孩子，做家务。在国外生活，她深感孤独寂寞。遇见我们，他乡遇故人，说说话，她很高兴。

她下车前还仔细叮嘱我们目的地车站的名字。

我们到站下了车，也不知朝哪个方向走。正犹疑间，有一个黑人青年喜笑颜开地主动来搭讪。他的动作看起来像是在外采访的节目主持人。他手里拿着一个翻译机，随便问了几句，哪里来哪里去之类的。他说他也是来旅游的。自带翻译机，以便认识来自不同国家的各种各样的外国人，他自己认为这很有趣。说着说着，他带着我们快步穿过了马路，径直朝珍珠港大门走去。

因为 7 日是纪念日，所以这两三天珍珠港都是免费参观，无须买票。首先我们直接去放映室观看介绍当时历史背景的纪录片。大概有 15 分钟，用英语简要介绍珍珠港事件的前因后果。在放映过程中，坐在前排的一位美国中年妇女不时用手绢抹泪。之后，游客登上游船，由英俊潇洒的军人驾驶驶入水中，向被日军炸弹击沉的美国主力战舰"亚利桑那"号遗址前进。游船在遗址周围变换各种角度来近距离观看"亚利桑那"号遗址。当时的沉船残骸遗址保留在原地，并在遗址上建立了一座"珍珠港事件"纪念碑。

在游船上，在大门口，在公交车站，在我目力所及的范围内，我急切地想发现有没有船上的日本游客来此地参观。我很希望日本游客能够来此地深入地了解一下珍珠港事件，从个人的角度也好，从其他的角度也罢，思考与反思珍珠港事件的历史意义和现实意义。

结束游览，那位黑人青年碰巧又出现了。门口的游人很多，还有许多年轻的男女军人聚在一处说笑着。我们走上前去合影，他们欣然允诺。那一张张散发着和平时代美好青春气息的脸庞，深深地触动了我。

在公交车站，黑人青年嘴里不停地说笑着，像个欢快的 Rap 歌手。最后，他乘坐的公交车先来了，他友好地挥手告别。

交通很便捷。我们没等一会儿，车也来了。此时正是晚高峰乘车时间，跟来时相比，车里的人较多，看上去都是下班的人，男女老少俱全，朴素，自然。我跟女司机说，到站请提醒我们。女司机的嗓门嘹亮，提醒我们的声音绝对是女高音，而且语气相当友善。

下车后，我突然发现，檀香山街上很多路牌标识都是英文日文双语的。而且，据说现在这座城市的人口中，亚裔人口最多的是日裔。

日本横滨

12月17日，船到达横滨港。

之前，下船准备工作就绪。乘客听从船方的安排，什么时间打包，什么时间整理托运物品，什么时间购买所需工具和包装用品，一切井然有序。

从横滨开始到神户，乘客陆续下船完毕。

这意味着真正的告别时刻来临了。

一时间，船的空间里，各种场景，离愁别绪弥漫起来。

日本神户

第二天，12月18日，此次航程的终点站神户终于到了。这意味着此次三个多月的旅行结束，回归正常生活。

从脚踏陆地的那一刻开始。

我下船后随团乘车直接去大阪。大阪交通便利，机场、JR电车、地铁，四通八达。我以大阪为中心，往返京都、奈良，乘电车到两边的时间分别不到一小时。

在日本有两天时间。京都的浮世绘博物馆，这次无论如何要去一遭。

在船上，热心人已经帮我寻到了浮世绘博物馆的具体地址。大阪地下交通系统交错纵横。乘JR电车单程只需50分钟，我从大阪顺利地到达京都。然而，出了站口，在街上足足找了两个多小时。

门脸很小，场地很小。但是，展览的内容丰富异常。

我从何时起对浮世绘感兴趣的呢，还真记不清了。

可能是浮世绘独特的艺术表现力：颜色、人物、构图等因素。艺术并不仅仅属于专业人士，也是属于欣赏者的。艺术的产生，往往是和现实世界密切相连。每个欣赏者都可以从自我认知的角度去辨识和解读艺术品中的"达·芬奇密码"。比如，我，只是自以为骨子里遗传了喜欢艺术的细胞而已。

据说，日本江户时代，在长崎一个叫出岛的地方，聚集和生活着很多做贸易的荷兰人。日本人通过出岛的荷兰人，学习了很多西方的科学和知识。比如，这个时期，他们学习并翻译了荷兰语写的医学书。译者是两位日本医生，他们为了验证书中相关的医学知识，还专门做人体解剖实验，验证了书中的内容后开始翻译此书。逐渐地，日本人还翻译了英文书和法文书，统称西方的学问为"兰学"，也称洋学。洋书的翻译一直延续到19世纪，并传播到日本各地。

浮世：转瞬即逝的尘世。

专家说，浮世绘究其根源是来自印度。这一技法随佛教一起自印度传入中国，又从中国传入日本。

史料载："浮世绘就是以现实生活为题材，描绘民间风情的画作。最早是用画笔亲手作画，江户时代的人们都追求购买流行的浮世绘。为了回应更多人们的需求，同样的浮世绘必须制作出许多幅来。其方法就是版画。颜色也是从一色刷开始，发展到了一种叫锦绘的多色刷。"其代表性画家主要有葛饰北斋（1760—1849），以独特的表现风格描绘富士山的作品《富嶽三十六景》而闻名，其中之一就是《神奈川冲浪里》。喜多川歌麿（1753—1806），"以美人画作被人熟知。"画中的美人淡雅，丰腴。专家说："他运用上半身加大，大头化的手法来表现女性的美，《东洲斋写乐》。用大头化的手法充满个性地描绘出了官吏画。"歌川广重（1797—1858），据介绍，前期侧重人物和美女画像，后期以抒情的风景画为主，如《东海道五十三次》。

史料载，当时的歌舞伎表演和演员、相扑选手、自然景色等，成为很多浮世绘作品创作的主题，还起到了类似海报照片的宣传作用。

日本的浮世绘艺术从"1655年盛行到1858年，反映了当时在日本崛起的中产阶级"。

据介绍，后期"许多浮世绘作品都会提上一首由十七字音组成的短诗，这种短诗被称作俳句，是日本主要的诗歌形式，主要以自然为主题"。

有个很有趣的现象是，17世纪的荷兰，被日本称为兰学的荷兰，正处在黄金时代。荷兰是个很小的国家，却是"当时欧洲人口密度最高的国家，也是识字率高的国家""得益于全球贸易，他们围海造地，开凿了运河，这些运河被用来运送货物。船舶能直接停泊在巨大的货仓外卸货了。运河两边有高耸入云的建筑"。随着经贸往来，荷兰出现了银行家和金融业。阿姆斯特丹被认为是"现代资本主义的诞生地。荷兰艺术着眼于现实"。荷兰画家的题材很多是日常生活场景和普通人的生活。

19世纪，浮世绘艺术传入欧洲。专家说，江户时代的浮世绘被认为是"非常具有现代感"的艺术，后被誉为现代艺术的起源。

印象派大师，荷兰的凡·高，专家说"曾去过法国南部，寻找他所谓的'日本之光'"。

外光与色彩的运用是印象派画家很重要的特点。专家解读说，印象派几位重要的画家，莫奈、毕沙罗、德加、帕塞等人，"他们对浮世绘夸张的用色大加赞美，一些印象派画家甚至创作了相似的画作，《浴者踏入浴桶》（德加），莫奈也借鉴了日本人创作系列化的理念，一次次创作同样的场景，从而寻找新鲜变化的感觉。他故居的墙上时至今日还挂着他当年收藏和临摹浮世绘艺术手法的作品。"

着眼于现实的艺术和以现实生活为题材，描绘民间风情画作的东西方画家，在艺术的时空中相遇，相互交融激荡，相互影响，相互借鉴，创作的灵感碰撞出耀眼的光芒。

　　那天，京都浮世绘博物馆里，葛饰北斋、喜多川歌麿、歌川广重三位具有代表性的浮世绘画家的作品正在展览中。

　　重要的作品，一应俱全。

　　当我发现整个展馆就我一个人时，时间已经过去两个半小时了。

　　临别时，工作人员问我。

　　你从哪里来？

　　北京。我答。

船上的人生百态

船上，乘客绝大部分是老年人。年纪在六七十岁的有很多，甚至有几位八九十岁的老人家。

公共空间里，读书学习的老人很多。娱乐活动，参加的老人也很多。

可不可以说，这些乘船出游的老人家都是生活的大赢家呢？尤其是外貌枯瘦蹒跚的，他们的背后横亘着的，大都是几十年人生的艰苦磨炼和打拼。

一位日本九旬老者，腿脚稍显不便，身边没有家人出现，一个人进进出出。餐厅服务员看见他，总会多加关照。毕竟自助餐，要自己排队端着大盘子选取食品。整个航程，他自始至终，安然无恙。

一对七旬日本夫妻。丈夫斯斯文文，瘦长脸，小眯眼，一副金丝边眼镜，跛脚。妻子是个大美人，白皙的皮肤，大眼睛，双眼皮，牙齿整齐洁白，从来都是化着淡妆，一丝不苟。两个人外出旅行时，带着一个大箱子。沉得让我惊讶，它一般都是丈夫负责搬运。

在船上，两个人从来都是分开行动，各自独立。每次看见他们时，都是各自活动，从未看见他们在一起。

餐厅就餐时，尤其是在晚餐时，时常会遇见一对七旬左右的日本夫妻。男人看上去较枯干憔悴，戴着一副宽边眼镜，推着轮椅。轮椅上坐的是他的妻子，她一条腿从小腿到脚缠着绷带，打着石膏。妻子的精神状态明显好他许多，虽然是坐在轮椅上，可是样子很乐观，在公共场合很随和，很喜欢跟人聊。二人显然是同甘共苦的夫妻，容易博得周围人的好感，所以，他们在众人面前出现时，绝不会冷场。

有一天晚餐，恰巧我坐在他们对面。等餐过程中，她一边和旁边的人聊天，一边跟侍者点了一听啤酒。啤酒端来后，她打开，熟练地给旁边安静的丈夫的杯子倒满。我印象很深，因为她倒得太有水平。眼看着啤酒要溢出来，可是担心是多余的，最后就是刚好的效果。她可能是想尽一切可能把丈夫的杯子满到不能再倒了。满满的一杯。剩下的啤酒她咕嘟嘟倒进自己的杯子里，随后，毫不客气，一饮而尽。

还有一对台湾地区来的母子。九旬老母和六旬孝子。母与子的大爱引起船上乘客的共鸣。

上船一段时间后，乘客之间慢慢地熟悉起来。你会发现，这位坐在轮椅上的老母亲和身边推轮椅的儿子总是吸引人们的目光。无论何时何地，他们周围总有人关切地询问什么，或者是开心地和他们谈笑。母与子那种朴素简单的情感却有征服他人的能量。

后来了解到，儿子为尽孝心，计划带着年迈的母亲坐船旅游。母亲一直拒绝儿子以环球游的方式尽孝，心疼儿子为此破费。老人家年纪大了，有时清醒有时糊涂。这次难得糊涂。孝顺的儿子骗她说，这次上船她不用花钱，因为有优惠，买一赠一。就这样，他推着老母上船了。

每到一地，孝子总是尽可能地推着轮椅下船，让母亲感受世界的丰富多彩。

故事传开了。每逢遇见他们，谈笑间，总有人机智地顺着老母的话题，尽情发挥，让她高兴，笑声不断。

人间母爱和孝子的另一种演绎，感人至深。

一对七旬日本夫妻，基督教徒。两人个子相当，较时尚，偏瘦，精神矍铄，谈笑风生。看上去夫妻间相当平等。我们在同一个团队外出旅游，他俩携带的一个大箱子特别沉，我发现在外期间，行李箱一律是由丈夫负责搬运。偶尔妻子搭把手，帮衬一下。这位丈夫与众不同，时常把手搭在或者搂在妻子的肩膀上。烈日炎炎，两人在外经常戴着墨镜，很酷。

我们这个旅游团队最后到达地是英国利物浦。利物浦是披头士的诞生地。披头士在 20 世纪 60 年代很活跃。返船之前在市区游览观光。在参观披头士街道时，当年热播的旋律随即响起。显然这位男士对此曲相当熟悉。只见他跟着节拍低声吟唱，歌词像说唱似的快，他也相当娴熟，此时他绝对够酷，够帅。

我们是在经过自由组合，共坐一桌午餐后，才慢慢熟悉起来，话也多起来的。

我问妻子："你们两人真不像我想象中的日本夫妻。日本夫妻常常是男的在前，妻子略后。而且，从精神状态上看，你俩也是平等的样子。"

"是吗？"她微笑着，歪着头看着我说。

我说："你看看，你俩手拉手，肩并肩，一副恩爱的样子。好像还在谈恋爱。"

她哈哈大笑，说："我俩是大学同学。""来，"她笑眯眯走过来，"我也牵着你。"

我笑着说："这样的日本夫妻，我是第一次见到。"

在旅途用餐中，日本人习惯点酒水饮料，基本上都点，但并不是每餐必点。领队每天中餐和晚餐前，都会郑重其事地向大家介绍一份酒水和饮料价格单。我从来没点，觉得很麻烦也很浪费。他俩每顿午餐和晚餐不点饮料必点酒，不是啤酒就是葡萄酒。如果是葡萄酒的话，还不是点一杯，常常是一瓶。两人就在众目睽睽之下，旁若无人，一杯接一杯，最后瓶干杯净，一滴不剩。

酒量如此过人，我们曾怀疑他俩是不是睡眠不好。

两人的英语都很流利。有一次，女主人拿出照片给我们看。她说他们有两个女儿。一个女儿嫁给了美国人，现在已是三个孩子的母亲。她指着照片说。照片上的女儿很漂亮，女儿的三个儿子，也就是她的外孙子，个个英气逼人，她女儿真看不出已是三个孩子的母亲，显得很年轻。

她说，为了和外孙们更好地交流和沟通情感，她在船上参加了英语付费高级班的学习课程。她乐于助人，广交朋友。她大学学的是病理学专业，领悟力很强，她主动承担了船上教 CC 翻译员日语的工作，同时，她的翻译员学生又成为教她英语的老师，互为师生，共同学习。

这样的她，年龄已经不重要了。她的心态饱满，年轻健康，充满活力。

此时正说笑的她，望上去，幸福感满满。

"你是一个年轻的外祖母。"旁边的人说。

听了这句话，她一定心满意足。

因为她笑意正浓。

有一次，对面坐着一位白发苍苍风度隽永的老年女性。她很欣赏我的中式上衣，我顺着她的谈兴，问她，这是第几次乘船了？她微微一笑，轻柔地说，很多次了。乘船是她的一种生活方式。

还有一位女士，她叫美津子。

有一天吃晚饭，我和同胞坐在一起。正说笑间，对面的她开口了。她竟然用的是中文。虽然不是很流利，但是基本意思表达得很清晰。

她先递过来一张深蓝色名片，然后自我介绍。我们问她在哪里学的中文，她回答是在中国的一个城市，20世纪80年代她在那个城市待过两年。她已经多次乘船了，现在在船上自主策划茶道活动。由于她热心和积极参与志愿人员活动，已经分担一些船上的工作了。

除了她，不知还有多少类似经历的上船老者。

这样的上船方式，通常都是日常点滴工作积累起来的。平时他们会帮助船方做各种义工。积攒到一定的工作量，就可以减免船费上船，在船上可以作为普通乘客自行安排自己的行程。

比如美津子，喜欢茶道。在船上有段时间的每天早上7点到7点半是她讲解茶道的时间。有一次，她身穿传统和服，神态端庄凝重，亲自示范动作。茶道虽属日常美学范畴，程序却繁复，看似简单的一举手一投足间，又包含了很多日本传统文化和宗教等内容，一招一式无一不是传统文化和艺术的传承与延续。

茶道涵盖的内容很宽泛，很有仪式感和庄重感。

我眼中的日本丈夫和妻子

上船前，如果说起日本丈夫和妻子，我会根据以往表面的现象归纳为：日本男人大男子主义。日本女人温柔，顺从，体贴；角色大都是全职主妇，夫唱妇随。

可是上船后，根据我的实际观察，上述论断大打折扣。具体内容我在上本书《生命的四分之三是海洋》里已经提过。其中之一就是，现实中的日本社会，近些年白发夫妻离婚率大幅上升。尤其是 2007 年颁布的法律规定，只要双方达成一致，离婚时妻子最多可分得丈夫一半的公共养老金。这一现象也被称为"熟年离婚"。

熟年离婚一般指的是妻子提出和丈夫离婚。

我逐渐发现，有些日本男人晚年其实很可怜，很凄惨，甚至被妻子称为"大件垃圾"。

就在写此文时，我看到一则报道，题目就是"日本男人的悲惨生活：向老婆要一点零花钱有多难"，以实例验证了我的判断。

28 岁的丈夫和 27 岁的妻子结婚已三年，丈夫每月零花钱只有 2.9 万日元，而且包括每天的午饭钱，折合人民币也就是1000 多元。他在记者的要求下，试着给妻子打电话："老婆，我想每个月再增加两万日元的零花钱，是不是可以呀？"紧接着又说，"我会好好努力。"他的样子哪里是我们想象中的日本社会里的大男子主义，最后唯唯诺诺地连声对妻子说："对不起，真对不起，在你这么忙的时候打电话。"妻子说："如果你每月多挣 20 万日元的话，我就给你增加两万日元的零花钱。"他对记者说："老婆太可怕了。"

首先，家里的财权掌握在妻子手里。丈夫整天早出晚归，经常加班，工作上很多时候处于"过劳"状态。有的丈夫午餐费还要酌情而定，要看妻子给的标准。

上次船停泊在横滨，我去了博物馆。出来恰好是中午。在博物馆进出口大门一侧的窄过道里，昏暗的空间，很隐蔽，一个帅气的中年男子，衣冠楚楚，正躲在过道里大口饕餮手中的饭团。小小的饭团，双手捂着吃，他不一定是我描述中的日本丈夫，可是那个镜头给我留下了很深的印记。

走在街上，上班族大都制服西装出行，步履匆忙，神情严谨。从各种新闻途径了解到日本男人下班后，以往都要先去居酒屋喝一杯，以解除身心疲劳。这种时候，往往是啤酒先行。在船上看到一张照片，那是一张日本男人下班后在居酒屋喝啤酒的照片，一刹那，抓拍的。有广告效应。一个男人解开领带，脱下西服外套，手举一扎啤酒，照片上，啤酒是动态的，白色的泡沫正在向外溢出。只见他正准备开怀畅饮，大嘴咧开难得的笑容，爽。如果是几个同事一起去，晚辈还要给长辈谦恭地敬酒，倒酒。下班后，居酒屋的畅饮和闲聊已经形成了一种日式企业文化。但据报道，日本人下班后去传统居酒屋里喝酒聚聊的活动已呈衰退趋势。

晚上，我走在典型的日本窄小街巷里，小街道小巷两旁大都是居酒屋之类的小酒馆、小餐馆。很多看上去是一个一个家庭经营的，那种一代又一代家族传承的模式。灯光暗淡，房屋很小，或长形或四方桌，男男女女，面对面坐，小声谈说，认识不认识的，互不影响。

难怪，船上的晚餐，很多人点啤酒。

船上的居酒屋和酒吧，人也不少吧。

另外还有一个现象，我发现日本女人喝酒的很多。

在我看来，这很具有现代生活气息。因为一般来说，我们总是用我们传统的或者是东方人的眼光来打量日本女人。我们通过日本电视剧电影里也形成了对日本传统女人的固定认知：温柔，贤惠，总是走在丈夫身后，相夫教子，隐忍，等等。

在船上，这样的妻子肯定有。由于我没有深入地了解也就没有发言权。我只是把自己在船上看到的，以前没有想到的与大家分享。

女人平日喝酒，在我们眼里，总是与传统文化中的贤妻良母形象相悖。实际上，这是很自然的现象。

我参加的长线路，一般三到五天。其间，每当午餐或者晚餐，绝大部分日本男女要么点啤酒或者一杯葡萄酒，要么点果汁。他们很喜欢喝冰果汁。有一位退休年龄的日本妇女，每天的午餐和晚餐都点酒。要么啤酒，要么一杯红葡萄酒，就像要白水一样自然而然。第一天的午餐，她点了一杯红葡萄酒，喝完后，侍者问她，再来一杯吗？她笑着回答，不啦，我下午还要走很长的路呢。

我以前以为，日本夫妻并肩出行，经常是丈夫在前，妻子随后。可是在船上，我发现并不总是如此。经常也会看见妻子走在前面，丈夫在后的。

在船上，一位讲座者已经开始涉及日本同性恋人和同性婚姻这个敏感话题，以及探讨一些日本的社会问题。比如在她眼里，对于日本社会宅男宅女和各种精神疾病患者以及残障者，人们该如何帮助他们立足社会，过正常的生活。人们应该从哪些方面帮助和包容这些人，而不是予以冷淡和歧视。演讲者用大量的史料和实证，辨析某些精神患者的艺术天赋和创造力，并阐述如何帮助这些人融入社会，在让他们创造社会价值和实现自身价值的同时，也可以解决他们自己的生存困扰。船上请来的这位颇具社会影响力的领航人，用自身的工作和努力，验证着普通人身上人性的光辉。她的演讲介绍，让我们了解到日本在一些艺术领域，比如艺术策展等方面的工作，女性已参与到了核心部位，担任了工作的骨干部分。

日本女性平时略显谦恭。但是在舞台上，她们大放异彩，浑身散发着生命的激情。表演的节目无论是唱歌还是自编自演的歌舞，幽默风趣的节目很多，完全是放松的表演。

自得其乐。

以上我在船上观察到的日本丈夫和妻子的关系中，很重要的一个因素是，第二次世界大战后，"日本女性的权利得到了巨大的改善。"专家说。

锤子剪刀布

锤子剪刀布，四个日本大妈挥舞着手臂，笑容挂在脸上。

我坐在酒店大堂的沙发上，兴奋地望着她们，喜不自禁。

你想想，几天的长途跋涉很是辛苦。现在突然有一间单人间，领队让她们几个人围在一起，锤子剪刀布，决出胜者。

是不是很有趣?

她们很大程度上像做游戏，嬉戏或者玩闹。这种选择具体是怎么选出的候选人我也不太清楚。

第一次胜出的女子和我年纪差不多，50 多岁，已是三个男孩的母亲。三个男孩子分别是 26 岁、19 岁、17 岁。羡杀我也。她很漂亮，大眼睛，双眼皮，苗条的身材，笑容很有魅力。出水芙蓉于她是很恰当的比喻。

她说她每年要出游一到两次。像她这样的职业家庭妇女，一年能够出游一到两次，丈夫实在不简单。肯定地说，这样的丈夫一定不是典型传统的日本男人。

第二天早餐见到她，她仍然很兴奋。她说昨晚给丈夫打了电话。一个人一个房间，睡得很好。平时在船上，她是四人间。她有撒手锏，那就是无论身处何地，她都具备一个重要的技能——保持深度睡眠。

我是日本团中两位外国人之一，她对我很关心。在就餐中，她会主动和我互动聊天，告诉我哪种菜肴美味。有一次，坐在她身旁的一位老先生可能太口渴，一口闷干了杯中啤酒。她随即把自己的那份打开，给年长者斟上。

在那次攀爬一座墨西哥金字塔的过程中，我口干舌燥，炎热难耐，几乎有打算放弃继续攀爬的念头。是她，用中文冲我喊："加油！"并且指着正在向上攀爬的一位相熟的70多岁老人说，她都在努力攀爬，我们也要努力爬上去。

加油！

站在最高处，俯瞰四周的完整和壮丽景观是一种全方位的感受。如果半途而废，实在是太可惜了。

第二次锤子剪刀布是象征性的。几个人心照不宣，认输。单人间分给了一位长者。

每每这样的时刻，人性那珍贵的、难得的、潜藏在灵魂中的真善美，都在锤子剪刀布的声音中，散发出光亮，照亮人心。

年老心不老——魅力绅士

挟间先生，日籍老船长，西服革履，风度翩翩，留着山羊胡子。听说已经70多岁了，退休后，还在继续做自己喜欢做的船上顾问工作。他和船的关系，具体是一种怎样的从属关系不得而知。总之，在船上，想必一切工作要尊重和倾听他的意见。

欢迎会上，主持人在介绍挟间先生时说了一件事：这次船出发当天，挟间先生凭借丰富的工作经验和航海航线知识，临时决定比原定时间提前两个小时离港。出发后没多久，日本港口所在地受到海啸袭击。

船上有个地方经常有人驻足观看，那就是一张悬挂在墙上，像地图样镶着框的航海图和航线图。框旁还安装有金属支撑架，方便开关。每天有专人定时定点更换最新的信息。大部分时间这个专人都是挟间先生。

挟间先生涵养和学识俱佳。他站在那里，手里拿着器具绘图；一把尺子，横竖比量着工作。时常有乘客观赏他正在进行的工作，在他工作完成后向他提问各式问题，他总是谦和地面露微笑地回答每个人的提问。

我在船上碰到他，他的问候语从不迟到，总是脱口而出，绝不勉强为之。每天早晨8点左右，他会准时出现在十层甲板上，可能是开始一天的巡视工作。他绕着船走一周，遇见船员和乘客一如既往地主动问好致意。

我经常看见他和乘客在室内，或者在室外，或者在甲板上，相谈甚欢。那种谈话方式，给人一种非常平等舒服的感觉。

在一次中国游客的联欢会上，前后近三小时，他始终坐在座位上和大家互动。跟他合影时，我坐着，他坚持站着，举着酒杯，非常周到地配合合影。音乐响起时，他登场献唱。声音属男中音，音域宽厚，旋律舒缓，相当动听。

挟间先生的言行令人尊敬。日本人表面上大都含蓄克制。可是他彬彬有礼，既有礼仪又有风度，张弛有度，气度不凡。

挟间先生在船上会定期举行航海知识的讲座，很受欢迎。他的讲座座无虚席，深入浅出，图文并茂，就像是大学课堂里的精彩讲座，让听众欲罢不能。

挟间先生70多岁了。船上的主要工作人员有时会因工作安排的缘故中途下船，或者中途上船。无形中，在航海经验和航海安全的专业领域，似乎他成了船上的定心丸，至少我是这样的感觉。在航船遭遇重大事情时，有他在，就安心。比如有一段时间，船剧烈颠簸；比如，严防海盗。这种时刻，我常常会不知不觉地去询问：

挟间先生在船上吧？

瑞典籍老船长，名字也没有记。我也没有特意去查资料。人的记忆有时是很奇特的。他们给我的印记是流动的，永久的，就像不息的河水。那些在河水中浮起的闪烁的光点，是储存在记忆中的，那些令人无法忘怀的往事是可以随时拎出来回顾的。

还是称他船长吧。他一点都不老，虽然已经70多岁了。为什么？

因为他稳重，幽默感十足，绅士风度，举止干练，从容不迫，没有一丝老态。

我见过一张他和挟间先生昔日的合影。时间不确定，貌似是十几年前吧。由此可推断，他在船上供职的时间也不短了，两人工作的配合应该很默契。

船长的职责是什么？引用定义："船长是船上拥有航行执照中最高阶的航海指挥官。船长的职责在于维护全船的安全及有效的运作，包括乘载货物的管理维护、航行、船员管理以及确保船舶符合港口国及国际公约之规定，和船籍国与船东（航商）的政策。"

我在船上的生日贺卡有船长的亲笔签名。船上的礼仪应酬，船长肯定也要参加。也曾在餐厅目睹船长陪酒待客；个别讲座现场，船长也会坐在座位上，捧场。

刚上船时，有船长和乘客互动合影拍照活动。在有装饰的帷幕前，船长站在聚光灯下，面带微笑，和全船近1000名乘客一一拍照留念。同时还要兼顾满足乘客随时提出的要求。

船长此时既是工作，又是一副道具，听任摆布。

再一次，因为签证问题几个人被南非海关拦截后，南非海关工作人员上船和乘客就签证问题展开谈判。谈判的顺利与否关系到船能不能按时出港。如果出港时间延误，对于船方来说，费用损失巨大。当然，大家都希望按时出港。可是谈判的具体内容和一系列问题可不是那么简单的。就在双方争论不休，迟迟未能达成协议之际，优雅的船长出现了。他脸上盈满笑意，手拿两杯美味的冰激凌，拼装得像鸡尾酒，走过来放在南非海关人员和翻译的面前。同时，他朝我们略倾着身子，点头微笑致意，泰然自若。

船长这时很像是一位慈祥的父亲，然而，仅仅像父亲还不够，他更像是一位绅士，波澜不惊的绅士。

是的，波澜不惊。

父亲与伪满映

父亲在无意中闯进了我的话题。

父亲的一生在我眼里，似波涛汹涌掀起的巨浪，跌宕起伏，既诡奇难测也波澜壮阔。

我印象中晚年的父亲不善交际。一生的性格可以用一个字来形容：刚。可以组成：刚毅，刚强，刚柔相济，等等。刚柔相济的"柔"于他来说，也可以是形容概括他为人的字：善。

这样写不知妥否。

我出生在 1964 年。那些年，父亲命途多舛，因被打成"反党分子"而下放东北已经许多年了。我和父亲的年龄差是51 岁，写父亲于我非常之难。我对他所知甚少。对于贯穿一个人一生经历的写作，于我是相当不适应或者说不合适，即便是写父亲。

当一个人被放置在公共平台上，被放置在历史的显微镜下，任人评说，真假隐私全世界的人都知道，我认为这甚恐怖。尤其是观点不同，或者说价值观、人生阅历不同甚至有很大差异的人；那些不是以客观、实事求是的研究者的态度，对他们所不了解的当事人的内心世界动用了强加的苛刻放肆的言辞，不筛选言语，随意点评和对待一个有着复杂丰富经历的历史语境中的人的话，我认为他们的言行是不够严谨的。一些特殊的人和特殊的经历情况除外。

对于一个人的认知和点评，我个人觉得应本着理性和客观，以及全方位整体的求实态度，避免基于个人的观点而归类，尤其是走极端化的归类，或者用此人和彼人相比较。在自己认可的一方，总是在尽溢美之词；不认可的一方，总是给予不屑的冷遇。

作为远隔那个时代的现代人，作为女儿，我尊敬和爱戴父亲。到了一定的年龄，这种感觉尤甚。我常常为自己错失了解和记录父亲真实的内心世界而自责。如果作为旁观者，我对他也仍然肃然起敬。

现在，这个题目，伪满映，与父亲紧密相连，我不能回避和无视他的存在。

我以我有限的认知在父亲的人生中寻觅着，掬一抹浪花，还原父亲那一段真实的历史故事。

在这个标题下，不得不说说父亲在他 39 岁人生之际，在新中国电影事业中扮演的一个重要角色。

话说20世纪80年代初的某天上午，家里来了两位特殊的客人，两位日本人，是一对夫妻，年龄望上去60多岁。日本男人皮肤白嫩，还穿着一套淡青色的中山装，隐约记得他说着一口比较流利的中文。不说他是日本人的话，还真看不出来。

　　陪同他们来访的，是长春电影制片厂的一位老同志。

　　他们以私人身份专程来访，是为父亲。

　　准确的时间记不清了，那年父亲的年纪在70岁左右。

　　那时，他已日渐衰老，背部略驼，疾病缠身，头发也黑少白多，头皮上薄薄的一层。除了组织活动，父亲已逐步过起了半隐居生活，和外部很少来往，外面的尘世似乎也渐渐地遗忘了他。

　　父亲头脑很清醒。他在自身和外界尘世间拉开了一段模糊的距离，并不是他盛气凌人，他想全力回归写作之中。

　　可是，经常还会有老朋友或者陌生人来敲门，走访和探望他，或者来和父亲核准某年某月历史烽烟中的人和事。父亲和来访的人常常谈兴大发，忘记了时间的存在，久久地沉浸在往昔的话题中不能抽身出来，房间里不时传出他爽朗的大笑声和兴奋的说话声。我和父亲悬殊的年龄差使我在和父亲的日常相处和交谈中，很难触及他内心深处的历史记忆。我那时也没有写日记的习惯。父亲日常点点滴滴的细碎生活和闲聊，常常是和他惊心动魄的经历相关联的，却被我忽视得太多了。

然而，毕竟是一家人。耳濡目染，尤其是父亲晚年，我陪伴父亲的若干年里，不经意地，接来送往的客人，他们的交谈，避免不了的一些人和事就这样留在了记忆深处。

回忆会不自觉地把当年的这些谈话和文章串联起来，慢慢地清晰地勾画出父亲多彩人生的主要篇章：青春、地下党、抗日的烽火硝烟等等，以及父亲磨难铸就的人生轨迹和变幻莫测的多舛命运所组成的悲壮画面。

我那时虽年轻懵懂，不谙世事，但是我敏感的神经却有意回避着生活以外的另一个父亲的经历，回避父亲自 30 年代开始的文人生活和后续生涯。我对于那些风华正茂的 30 年代文人之间的恩恩怨怨是是非非有种天然的排斥心理，况且乱麻般的复杂人事我觉得自己的资历和年龄也担当不起。我更缺少的是耐心和兴致，那种研究学者所具有的对一丝一毫历史线索进行梳理的耐心和兴致，应该还有一点，缺少记录历史的责任，这使得我和父亲生命中经历的重要的历史细节和历史故事失之交臂。

父亲 1989 年逝世，终年 76 岁。埋藏在他内心许多未及言说的秘密，被父亲默默地带走了。

悔之晚矣。

也许，有人已给父亲贴上了政治标签；也许，有人分门别类，觉得父亲的经历和个人历史不屑一顾，无须研究。但是，我对父亲人生的选择和经历，都满心尊敬。

2012 年，我作为特约编辑整理出版了父亲的学术著作《中国话本书目》。

这部学术著作，主要涉及中国传统文化的古籍经典，父亲在前辈的经验和基础上，区分和考证"变文""说话""底本""话本"和"拟话本"等学术概念。一个书目的考证，很像是考古研究人员的工作：在古代遗址考查和研究，从中分析和判断所需的重要历史和人文等价值。一个书目的考证，我曾在文章里提到过，往往也要经过旁征博引和信手拈来的渊博的专业知识来进行严谨准确的逻辑推理。我在不同的年龄段听到父亲谈论过有关话本的写作和钻研，话本研究的确是父亲年轻时兴趣使然，从年轻到老年，再到晚年，一直断断续续笔耕不辍。初稿终于在下放农村的五年间完成。

试想，在他几十年的生命里，年轻时从事写作、参加地下党、被日寇逮捕、狱中写作……生活不断地颠沛流离，等等，真正属于他写作的时间能有多少？

在这样的历史境遇里，父亲能够坚持大量的阅读和静心写作，这需要多么大的毅力和自控力！

父亲的一生所经历的磨难、挫折和重大历史时期所遭遇的人与事，有些是我知道的，很多是我无法想象的。据资料和当事人回忆，在这样关键时刻，他大都有着惊人的冷静，沉着和清醒的头脑，观点清晰，用词酌句非常与人为善。身处险境的他，在这些正式或者非正式场合所表达的观点和语句都是本着严谨和实事求是的态度，据我所知他从未伤人（在政治上）。在这些方面，我为父亲的人品折服。

比如，父亲在"1974年，拒绝参加批林批孔运动"（史建国，王科《舒群年谱》）。再比如，"文革"中，在批判他的万人大会上（母亲也被红卫兵要求陪斗），他拒绝低头，痛斥红卫兵，后来遭到毒打也不后退。

这是父亲刚毅坚忍性格的一面，也是他人性善良品格的深层体现。这样的性格，注定会有命运的苦痛与孤独降临在他身上，甚至带有悲凉无力的意味。

同时，父亲仗义执言。父亲尽自己所能，给予他人关心与帮助。这些无私的关心与帮助，肯定也会有收获。或许收获人心，收获他人的信任，收获人与人之间的真诚与浓度较高的纯粹情谊，尤其在那些特定的年代里。

因此，总有人出于各种理由不远千里万里来寻访他。

比如，这两位特殊的客人。

满映，全称是株式会社满洲映画协会。

1937年，日本在伪满洲国首都新京（现长春）成立了满映电影公司。当时称满映。当时的主要演员有李香兰等人。

来拜访父亲的这对日本夫妻，男主人公当年就是伪满映的技术工作人员。

他为什么千里迢迢赶来拜访父亲？

曾担任文化部副部长、对外文化交流委员会副主任的王先生在一次和父亲的交谈中提到，他知道有很多当年在伪满映工作，回日本许多年后又通过各种途径寻访父亲踪迹的日本人，他们想和父亲见面。我猜想也许是在当年历史语境下叙叙旧吧，但不知何故父亲从来不知道有日本人在寻找他，从来没有任何人跟他联系过。

至于他们为什么寻访不到父亲，同时父亲也不知道他们在寻访他的原因，父亲并没有追问王先生，虽然他们是老朋友。

但是家里人问过父亲。我记得家里人曾就此事问过父亲，为什么当年的许多日本人想见你？父亲的回答很简单，具体不记得了，大意是：可能是因为他当年负责接收伪满映的工作过程中，特别是在对待战败后的日本技术工作人员的态度上，是本着团结为目的，尽可能地理性对待他们，关心他们。因为他们是技术人员，并不是作战的残暴军人，接管之后，有关技术和器材设备使用等方方面面，还要充分调动和发挥日本技术人员工作的积极性，以确保接收工作顺利完成。

那天，妈妈陪着父亲和客人进行了亲切友好的会面。我只是在开始的寒暄介绍和结束的合影留念时出现。

背景文摘："1945 年，日本投降。延安派出两个文艺工作团分赴华北、东北。东北团由舒群带队，队中汇聚众多作家、艺术家。如，田方、于蓝、刘炽、公木、颜一烟、王家乙、华君武、陈强等。他们从延安出发，徒步走过陕西、山西、河北、热河、辽宁，'白日放歌须纵酒，青春作伴好还乡'。队里许多像舒群一样的东北人，自'九一八'那悲惨的时候起流浪在关内，做梦都梦见故乡白山黑水、大豆高粱，一路上心情之激动、步履之轻快皆可想而知。他们沿途也看到日军烧杀掠夺后荒芜破败的村庄，看到党的基层组织发动群众的成果，他们曾冒雨急行，有时也露宿，一觉醒来但见满月银光照彻原野，宛如置身仙境……一个月后到达沈阳。

　　"在东北，年轻的老革命舒群接管并组建了东北重要的文教部门——满映，成立新中国第一个电影制片厂——东北电影制片厂，建立东北画报社和鲁迅艺术学院、东北公学，主编《知识》半月刊，领导并组织文艺宣传，演出《兄妹开荒》，举办'哈尔滨之夏文艺活动月'，将延安文艺带到东北，可以说，对于发展东北文艺事业做出了贡献。"（作者　郭娟）

　　路地先生在一篇回忆文章中写道："他（舒群）谈了接收长春电影制片厂（伪满映）的经过，留用的日本技师的驯服，千头万绪的纷乱，全厂向佳木斯搬迁的艰难。"

　　据记载，1946 年 2 月，中共中央东北局决定东北公学

（1946年1月10日成立）改名为"东北大学"，任命张学思兼任校长，白希清、舒群为副校长，张松如为教育长。1950年，东北大学改名为东北师范大学。

舒群"亲自组织了改编后的电影制片厂从长春向后方的搬迁"。

东北电影制片厂后改名为长春电影制片厂。

涉及此题目，起因是这次船上的一次专题讲座。这次船上有一位中年领航人，大学副教授，年轻时留学中国，现供职于一所著名大学。她在一次讲座中讲到了李香兰，提到了李香兰当时所在的伪满映。由此话题，我联想到了父亲舒群接管伪满映时我了解的一些真实的历史细节。

现奉上。

向北航行中，在大海上，父亲如影随形，在我的左右。

父亲，保佑我吧。

母　亲

　　我目不转睛地注视着母亲。她慢慢地仿佛渐行渐远，离开了我的视线，融入角色。我坐在幽暗中，剧场的暗度让我感到时光交错，失去了平衡感，不知道是兴奋还是紧张，是不安还是恐惧，我已经不认识她了。舞台上，她变成了另一个人，演绎着一个陌生人的别样人生。她的右手轻扬着，或是在扬鞭策马，或是在船中荡漾，一招一式无不传达着这个陌生人复杂的身世、变幻莫测和起伏不定的命途。她的唱腔浑厚高亢，奔放流畅，行云流水，"小葡萄红"派声韵十足的嗓音像聚光灯一样把台下人紧紧地抓在了舞台上。这让我联想起她在这个北方城市，不夸张地说，不论是顺境还是逆境时，不论她出现在哪里，商店，街上，还是公共汽车上，总有人注视她，关注她，或者打招呼，说出她的名字。那时没有流行音乐，没有网络电脑，娱乐形式单调。戏曲是传统文化的艺术表现形式，评剧是中国第二大剧种，尤其在北方，评剧在当时拥有众多观众。刚才提到的那些人大部分是她忠实的观众。许多这样的人此刻在剧场里坐满了，还有许多人站在过道边，这是她向他们告别的时刻，即将赴京的告别演出的时刻，时间是 1979 年。是的，1978 年春天，父亲母亲平反了。他们在这个城市和农村生活了近 20 年。从 1966 年"文革"开始至 1978 年，母亲离开舞台已 10 多年了。这期间，她和父亲好似一双手的左手右手，形影相随，将狂乱屈辱的生活调理得泰然自若，母亲在这段艰难时世中，唱出了她生命中的最强音……

童年里，我家被下放到偏僻的农村。那时候，照顾父亲和全家人生活的重担主要是母亲担着。母亲顽强，聪明能干，韧性十足。

母亲是一位坚定的乐观主义者，尤其在父亲落难时。母亲开朗的性格是全家的安心剂，父亲的生活离不开母亲。反右、"文革"时，母亲不离父亲寸步。为了照顾好父亲，母亲放弃一切。其实，母亲有着自己成功的事业，有着自己忠实的观众。母亲是在东北立业的，随着父亲工作的调动，母亲一次次放下自己喜爱的事业，跟随父亲北上又南下。后来，母亲在北京也得到越来越多观众的喜爱和支持，事业不断地向前发展。

母亲为人低调，淳朴，淡泊名利，斥阿谀奉承于不屑。

她为艺术而艺术，是为观众欣赏的艺术而艺术。母亲平反回京工作后的某天，带着我路过王府井东安市场，在大门口，一位上了年纪的人忽然走上前来，微笑着问母亲："您是夏青吗？"我很惊讶。当听到母亲随和地回答："是。"他惊喜地说："哎呀，太巧了，我是您的戏迷。"

反右时，父亲被打成"反党分子"，从北京被下放到东北，行前，父亲劝母亲离婚，留在北京，但母亲拒绝了，她义无反顾地和父亲踏上北去的列车。

母亲感情丰沛，举手投足间，动作极富感染力。你看，刺啦一声，炒菜锅里蹿上股黄色火苗夹杂着烟雾，只见母亲快速地，在刺刺的声音中翻动铲子，颠动炒勺，菜香扑鼻。裹挟着菜香的烟雾顺着开着的窗向外飘散，母亲看上去是一名称职的厨师。

这动作散发着乐观、热情和对家庭忠贞的爱。艰难时世中，生活不易。母亲持家有方，母亲学着种菜种地，母亲是巧妇。母亲是哈尔滨人，爱干净。可以说，房间里纤尘不染。北方的各种面食，她都会做。农村生活苦，厨房是母亲的万花筒，母亲变魔术似的，令我时不时地会在厨房看到几个鸡蛋。为改善全家的生活，母亲居然学着在院子里搭圈养猪；时不时地，母亲还会变出山鸡来。家里家外，事无巨细，母亲样样是一把手。

生活的重担是很沉重的。何况母亲是全方位的大包大揽，衣食住行，精神上身体上何等辛苦！

除此之外，母亲还要参加组织上安排的干校学习。

母亲举重若轻。

当然，母亲也有一个人默默流泪的时候。

我五六岁那年，母亲和父亲开始教我洗自己的衣服。我家屋子前面不远处就是一口井。父亲首先会挑选一个适合我的小水桶，用一根粗木棒和我一起担水。当然父亲把水桶放置在他的那一边，我只是象征性地抬着另一边。

他们在自家院子里摆了三个小盆子，带着我一一加入水。第一小盆水是温水，放入洗衣粉，第二盆、第三盆是清水。第一盆水洗好衣服后，放到第二盆、第三盆水里分别漂洗。在阳光强烈照射下，母亲拉着我的小手，指导我如何晾晒衣服。

从小到大，无论生活发生了怎样的变化，母亲从未抱怨过家人，即使在那样不堪回首的蹉跎岁月。我在母亲的抚育下，一天天长大。

孩童时的我，每天晚上是在母亲的读书声中睡去的，母亲声调温和，她读着，读着，渐渐地，母亲自己往往也会陷入书里的情节中去，不知不觉扮演起书中的角色，母亲绘声绘色、节奏张弛有度地念起来，我在被窝里也常常随着母亲的语气、节奏，在故事的情节中变换着我的情感，也会把自己融入情节之中。我把脸挨着母亲的胳膊，闭着眼睛，我仿佛已经不再是自己，我慢慢地向上升腾着，俯瞰着母亲阅读的童话寓言传说中出现过的辽阔的大地，山川河流，大自然变幻万端的景象，以及阴冷恐怖的黑黝黝的妖魔鬼怪出没的山洞；在某些危险情节的紧要关头，我的心怦怦跳着，紧张得紧紧握着母亲的胳膊，和着母亲的脉搏，渐渐地，书中的情境进入我的梦乡，成为我梦中的故事……

在农村那几年我年龄很小。留在记忆中的印象之一：母亲总是在阳光充足透彻又不强烈的春天晾晒皮衣，连续三天，防虫蛀。它们平时被母亲放在樟木箱子里。东北冬天寒冷刺骨，冰天雪地。那时城里的人家一般都会有几件皮毛的，或者吊着皮毛里子的过冬皮衣。

有一套皮大衣，母亲格外细心保管。

母亲的这套皮毛大衣，就是在寒冬之季下放东北后父亲用稿费买的。虽然我不知道父亲为什么给母亲买套在我看来是很奢侈的皮毛大衣，但是在那个特定的年代里，在北方那个寒冷的冬季，它一定有父母相濡以沫的深情。母亲几乎没穿过它，一直小心翼翼地存放在箱子里。"文革"抄家时，它成了罪证——资产阶级的生活方式。现在时间早已让它与父母分离，樟木箱子也有些陈旧了，铜锁经过颠沛流离和岁月的洗刷，呈斑驳状，一串暗乌色的只属于那个年代的钥匙还在，拿起来，哗啦啦响，还能用。斑驳沥清漆积淀着的美，是我的珍藏。我仍然延续母亲每年晾晒皮衣的保存习惯，在这样的习惯中，母亲的身影时时会出现，带我回到往昔的生活里。

这两对樟木箱子的正中间是古朴的铜锁，一对箱子每只的四角分别镶嵌着两两对应的条形铜片，铆着铜钉；另一对箱子每只正面，铜锁的两边，是一对深绿色的别儿，铜锁上下，是凸出的木板条环绕在箱子的四周，箱子的左右还铆有两只黄铜色的长弯形提环。

每逢春天，在阳光普照的某天上午，母亲就会抬出樟木箱子，避开强烈的紫外线，打开，天然的樟木气息和人工樟脑混合味立即弥漫到空气中。

连续三天，天空晴朗，阳光通透适度。母亲对天气的判断从未出过错。

时光荏苒，母亲的皮毛大衣依然光滑、柔软。它留有母亲的体温、痕迹，储存了母亲几十年的音容笑貌和"文革"期间的悲苦人生。我的手轻轻拂过毛茸茸的皮毛，感觉仿佛又躺在母亲的怀抱中，倾听到母亲的呼吸，母亲的心跳。

时过境迁。现代都市，高科技迅猛发展。各种面料、各种风格式样轻便、保暖的冬装琳琅满目。拒绝皮草已成为环保词语，并已得到大众在行动中的认同。

现在即使在寒冷的最北方，皮毛也很少见到了。

母亲，夏青，意为做一个有志的华夏青年。原名张蕊华。出生在吉林市。著名评剧表演艺术家。1991年，64岁在北京逝世。

有评论说，"夏青的嗓音高、音域宽。她在继承大口落子的基础上，根据人物的情感需要大胆创新，并善于吸收兄弟剧种的曲调因素融化到评剧音乐中，塑造的人物形象饱满，性格鲜明。"

哗——掌声顷刻间打断了我的思绪，演出结束。长时间的掌声把母亲从剧中角色又变了回来，还给了我，1979年的我。很快，母亲就会来到我的身旁，弯下腰来，用舞台上轻扬的右手把我的手攥住，摇晃起来。